AF239703

Klaus Gebler

Schöner Tag mit Schiffbruch

Texte und Bilder zum
würdigen Scheitern

Bibliografische Information der Deutschen Bibliothek:
Die Deutsche Bibliothek verzeichnet diese Publikation in der
Deutschen Nationalbibliothek, detaillierte bibliografische Daten
sind im Internet über <http://dnb.ddb.de> abrufbar.

© 2012 Klaus Gebler
Herstellung und Verlag:
Books on Demand GmbH, Norderstedt
Umschlag, Satz, Layout, Collagen: Klaus Gebler

ISBN 978-3-8448-1505-4

MIX
Papier aus verantwortungsvollen Quellen
Paper from responsible sources
FSC® C105338
FSC
www.fsc.org

Für W.

Inhalt

Schöner Tag mit Schiffbruch

Es war einmal, ja, es war einmal ein wunderschöner Junisonnentag, und die Menschenmassen ergossen sich in das, was sie Natur nennen, und indem sie ihre Hemdkragen aufknöpften und ihre Schweißfüße im Fluss badeten, warfen sie ihre Köpfe zurück und riefen ein ums andere Mal aus: Ich fühle mich wie verwandelt! So erlebte an diesem Tage beinahe ein jeder seine Metamorphose, und es konnten sich all jene glücklich schätzen, denen sich die Grenzen zwischen ihrer trüben Innenwelt und der prächtigen Junisonnenaußenwelt so leicht verwischten. Aber es gab auch andere, solche, denen jede Metamorphose zur unendlichen Qual wird und die lieber mit zugeknöpftem Hemdkragen in der Sommerhitze leiden, als auf leichtfertige Weise ihr reinliches Innenleben mit fragwürdigen Äußerlichkeiten zu vermischen.

Ich fühle mich wie verwandelt! rief auch jene empfindsame Undine aus, als sie sich in meinen Kahn setzte, den leichten Rock schürzte und die Beine im Wasser baumeln ließ, während ihr Begleiter den dunkelblauen Nadelstreifenanzug sorgfältig glatt strich und die akkurat gebundene Krawatte zurechtrückte. Der dritte Fahrgast bestieg den Kahn, setzte sich - mehr fiel mir im ersten Moment nicht auf an ihm.

Er saß mit dem Rücken zum Heck, während die verwandelte Undine und der zugeknöpfte Hemdkragen gegenüber Platz genommen hatten. Ich stand aufrecht und trieb mit gleichmäßigen Schüben den Kahn voran. Auf den ersten Blick handelte es sich um die Ausfahrt eines ungleichen Paares, das einen gutmütigen Freund überrumpelt haben mochte mitzukommen, doch bald schon sollte sich zeigen, dass es durchaus keine festgefügten Verhältnisse zwischen diesen Dreien zu geben schien und erst diese Ausfahrt über gewisse Beziehungen entscheiden würde. In solcher Situation, vermutete ich, würde jeder auf seine Weise zu brillieren versuchen, um mit allen Mitteln ein einprägsames, möglichst günstiges Profil von sich zu erzeugen. Und so geschah es dann auch.

Haben die Herrschaften einen besonderen Wunsch wohin es gehen soll? fragte ich nebenher, und die Frau antwortete ohne Zögern: In die Natur! In die Natur, entgegnete ich, nun gut, aber in welche?

Diese Antwort löste einen heiteren Streit unter den dreien aus, und schließlich einigte man sich, ein jeder solle seine Natur beschreiben, in die er gerne möchte, und natürlich fiel das Los zu beginnen der Frau zu. Sie saß, die Beine im Wasser baumelnd, Gesicht und Körper von den Männern abgewandt, und redete zu den mächtigen Erlen und Weiden am Ufer hinüber.

Diese Wellen, die mich längs dem Ufer begleiten, die reifende Fülle der Gelände, die sich im Fluss spiegelt, der junge Tag, die flüchtenden Nebel, ... das alles seh' ich an, und wie die Biene den Honig sammelt aus frischen Blüten, so saugt mein Blick aus allem die Liebe und trägt sie heim und bewahrt sie im Herzen wie die Biene den Honig in der Zelle.   *Bettina von Arnim*

So denk ich am heutigen Tage, da ich auf diesem Fluss hinfahre und durch dies aufgeregte Leben der Natur lautlos gleite, fort, dem stillen einsamen Abend entgegen.

Doch nein - so denk ich nicht. Diese Wellen, die mich längs dem Ufer begleiten, erinnern mich lediglich an Bettine und ihre romantische Natur, und so gebe ich mich widerstandslos dem Irrtum hin, eine romantische Natur erweckte in mir eine romantische Natur.

Es gibt so viele Arten in der Welt zu sein, zum Beispiel diese hier, mit euch gemeinsam in einem nach Teer riechendem Kahn übers Wasser gleiten, nach den Bäumen hinübersehen und sich aus all dem Gesehenen etwas heraussaugen, was die Phantasie zu einer schönen Empfindung modelt. Solche Art in der Welt zu sein lenkt natürlich von irgend etwas anderem ab - so, wie jede Art in der Welt zu sein, von irgend etwas anderem ablenkt, und ich spüre euer nachsichtiges Lächeln, das in weniger nachsichtige Worte gekleidet, lauten würde: Glotz nicht so romantisch!

Und doch, ich glotze romantisch, wenigstens heute, und mir ist wohl dabei, und wenn dem Menschen wohl ist, dann ist ihm nicht zu helfen. Ich hätte Lust etwas zurückzurufen, zum Beispiel: Grinst nicht so rationalistisch!, doch Beschimpfungen helfen bekanntlich nicht weiter - höchstens dem, der sie ausspricht.

Ich möchte in eine Natur voller Überraschungen und Geheimnisse. Ich möchte dorthin, wo nicht alles sogleich und sofort überschaubar ist, wo der Fluss noch nicht begradigt ist und wo hinter jeder Biegung neue Bilder auftauchen. Ich möchte dorthin, wo der Wassermann wohnt - möglichst tief hinein in die dunklen Wälder und in den dunkelsten Mystizismus. Ich möchte ins Wilde, Chaotische, Ungezähmte, aber natürlich weiß ich, wie töricht solche Wünsche sind.

11

Sicher werden sie, lieber Hans, verständigere Wünsche äußern, und ich bitte sie geradezu es zu tun, denn mehr als ein Romantiker in einem Boot wäre nahezu unerträglich.

Der Angesprochene lächelte feinsinnig, rückte an seiner Krawatte herum, und für einen Moment schien es, als wollte er sie abbinden, doch er besann sich und öffnete lediglich einen Knopf seines Jacketts.

Sie machen es mir schwer, Undine, einen verständigen Wunsch zu äußern, denn alles Verständige nimmt sich blass aus neben den bizarren farbenprächtigen Phantasien des Unverständigen - eben des Unverstandenen, das zur Deutung anregt und Vorstellungen weckt, ohne auf wirkliches Verstehen von Zusammenhängen auszusein.

So sehr ich die romantische Schwärmerei achte als eine Notdurft der Sinne und der Sinnlichkeit, die zuweilen verrichtet werden muss, so wenig wünsche ich mich andauernd zu ihr hin. Ich möchte nicht hin zu einer besonders dunklen oder hellen Natur, ich möchte hin zur Natur, wie sie eben gerade jetzt sich vorfindet, und mein Vergnügen dabei entspringt dem immerwährenden Vergleich zwischen dem, was ich sehe, und dem, was daraus künftig zu machen wäre.

Ein Sumpf zog früher durch diese Landschaft hin, und wenn ich einen Wunsch äußern soll, so diesen: Lasst uns dorthin fahren, wo die Natur ein besonders geglücktes Ergebnis der menschlichen Einwirkung ist, dorthin, wo Tatengenuss und Schönheitsgenuss in harmonischer Weise zusammenfanden. Aber selbstverständlich stelle ich meinen Wunsch gern zurück und folge ihnen, Undine, mit dem größten Vergnügen ins Romantische. Ich kann mir sogar vorstellen, dass ich meine soeben geäußerten Wünsche dann vergesse. Wenigstens für eine Weile.

Es wurde still. Undine drehte sich um und schaute dem Mann für einen winzigen Moment direkt in die Augen, dann wandte sie sich wieder dem Ufer zu. Mir schien, als habe dieser Augenblick genügt, ein unsichtbares Band der Sympathie zwischen den beiden zu knüpfen. Sie, die so leidenschaftlich für's Romantische plädiert hatte, schien die Einseitigkeit und Schwäche ihrer Auffassungen zu spüren und fühlte sich insgeheim zu etwas Realem, Starken hingezogen.

Umgekehrt mochte der seriöse Herr im Nadelstreifenanzug spüren, dass in seiner Erfahrung etwas fehlte, das er zwar mit Begriffen ausgefüllt hatte, mit denen er aber nur logisch operieren, nicht aber leben konnte.

Die Stille wuchs. Das Krächzen eines Eichelhähers wies nur darauf hin, wie groß die Stille war. Sanft schob sich der Kahn übers Wasser - eine der wenigen Bewegungen, die keinen Lärm verursachen. Erst als wir an der Schleuse anlangten und eine rostige Mechanik kreischend jegliche Illusion von Stille zerstörte, wandte sich Undine scheinbar unbefangen den anderen zu.

Nun bin ich aber neugierig, Hannes, zu welcher Art Natur ein Mathematiker gerne hinmöchte, sagte sie zu ihrem Gegenüber, jenem Manne, der bislang kaum in Erscheinung getreten war, doch innerlich schien sie mit anderem beschäftigt, und so geriet ihr die Aufforderung zur höflichen Phrase.

Der Angesprochene rutschte nervös auf der Bank hin und her, er schien sich förmlich zu winden, vielleicht nur deshalb, um einen Anfang zu finden, eine Tonart, doch nachdem er zu sprechen begann, merkte ich, dass er die Frage ernst nahm und also keine fertige Antwort wusste. Ich konnte zunächst keinen Zusammenhang in seinem bruchstückhaften Gerede sehen, und dennoch gebe ich seine Rede möglichst wortgetreu wieder, denn die eigentümlichen Sprünge darin gehörten offensichtlich zur Antwort.

Die Frage nach dem Wohin macht mich verlegen, immer noch, denn so alt ich geworden bin, so viele Antworten lassen sich darauf geben. Vielleicht will ich nirgendwohin, vielleicht bin ich schon dort, wo ich sein möchte - am Wasser, auf dem Wasser, im Wasser zum Beispiel.

Wenn die Fanfaren deines Lebens zum Rückzug blasen - stürz dich ins Wasser: Du steigst erfrischt heraus oder gar nicht. Vom Wasser haben wir gelernt die Verwandlungen: Der Tropfen, der Nebel, der Schneekristall, das Eis, das Meer, die Wolke, der Regen, der Tau, das Blut, der Pflanzensaft, der Schweiß, der Fluss, ...

Wasser kannst du nicht leugnen. Es durchdringt alles, weil es die Fähigkeit hat zum Wandel. Hört ihr, wie es flüstert, rauscht, schwappt, klirrt, knallt, singt, dröhnt, klagt, - weint? Immer bleibt zum Schmerz, Leid, Glück das Tröpfchen Wasser Träne. Wasser wäscht ab, reinigt, verwischt Schweiß, Staub, Bluttat. Wasser löst auf, zerstreut, zersprengt. Es hält zusammen, bindet, einigt. Wasser, dieses lautlose Geschehen, dieses brüllende Gebärden, flüsternde Verführen.

Du musst dich gut stellen mit ihm, denn es ist über alle Bosheit erhaben.

Bestrafe das Wasser mit Deichen, Dämmen, Wehren. Zwinge es und sei stolz auf deine List. Du siehst nicht, wie das Wasser lächelt. Es lächelt nicht wie ein Gott, es lächelt menschlich. Nicht überlegen, dumm besserwisserisch lächelt es, sondern vertraulich, gütig, angemessen.

Wasser ist in allem genau. Es erfindet Blumen, Musik, Schauspiele. Es greift nach dem Ganzen: Die Welt - eine Laune des Wassers.

Theorien übers Wasser gibt es, gibt es viele, gibt es dumme, kluge, praktische wie die des Herrn Kneipp: Du sollst das Wasser mit Füßen treten, sagt er, und ich sage: Du sollst keine Theorie über das Wasser haben, weil du darüber das Wasser vergisst. Denn nicht das Wasser macht sich wichtig, sondern die Theorie über das Wasser.

Wasser löscht den Durst, den Brand, die Hitze der Gefühle. Es holt zurück, was sich davonmachen will.

Und überall das verborgene Wasser - im Berg die Quelle, im Auge die Träne. Die kriechende Feuchtigkeit, die das Mauerwerk nässt, das Schuhwerk durchdringt und dir kalte Füße macht. Der Geruch des Wassers ist schon Täuschung.

Rede nicht abfällig vom Verwässern: Der süße Limonadensirup Glück ist genießbar nur verdünnt mit Alltag. Und der Schelm trinkt am liebsten das Wasser, das durch ein Rebenholz destilliert ist. Ach ja, das Baden - die Hochzeit des Wassers mit der Haut.

Und überall triffst du auf die Spuren des Wassers: die brüchige Mauer, der zerklüftete Fels, die Rinnen im Weg. Die Fische, die Seerosen, die Kähne sind Konsequenzen des Wassers. Bestechend seine heitere Arglosigkeit: Es taugt zur Weihe wie zum Füßewaschen, und es gibt Religionen, die das Füßewaschen zur Weihe erheben.

Du kannst es trinken, ausspeien, abschlagen, heiligen, verwünschen: Es hält jeder Verformung stand. Ich bin gern in der Nähe des Wassers.

Er schwieg, und das leise Plätschern der Bugwelle fiel wohl in diesem Augenblick jedem von uns ins Bewusstsein. Auch dem unregelmäßigen Glucksen, das immer dann entstand, wenn ich das Rudel ins Wasser tauchte, schienen alle nachzulauschen. Undine war die erste, die das Gespräch wieder aufnahm.

Ein Mathematiker von einem anderen Stern, aus dem Sternbild des Wassermann vielleicht, der hin zum Wasser will. Zugegeben, ich bin etwas verwirrt, weil ich solcherlei Ziel am allerwenigsten von ihnen erwartet hätte.

Gut, sagte der Mann, dann liefere ich das Erwartete nach. Denn einer Erwartung nicht zu entsprechen, scheint zu den größten Sünden zu gehören, denen sich ein Mensch vor anderen schuldig machen kann. Dabei ist in der Erwartung bereits alles enthalten - was mir bleibt, ist nur noch dieses Schema möglichst originell auszufüllen: ein nicht sehr vergnügliches Unterfangen. Denken sie an ihre Kindheit: Ehrgeizige Erzieher erwarten ein kluges, braves, fleißiges, ordentliches, - vernünftiges! - Kind, und die Erzieher begehen jede Grausamkeit, um ihre Erwartungen erfüllt zu sehen. Denken sie an beliebige Institutionen der Gesellschaft: Ehrgeizige Institutionäre erwarten Ergebnisse, Verhaltensweisen, Denkstrukturen, die den vereinbarten Rahmen nicht überschreiten, und sie begehen jede Freundlichkeit demjenigen gegenüber, der dieses opportunistische Prinzip achtet und stärkt. Denken sie an sich: Auch sie erwarten immerzu von irgendetwas irgendetwas, und wenn dieses Irgendetwas irgendetwas anderes als das Erwartete liefert, sind sie enttäuscht oder doch wenigstens verwirrt.

„Mir bangt nicht wenig vor denen, die mich ausersehen haben, so oder so, etwas ihnen Genehmes zu sein - aber mir bangt nicht davor, dass ich auf Rollen hereinfalle, die man von mir gespielt sehen möchte", äußerte sich Barlach in einem Schreiben, und ich wünschte, dass ich reinsten Herzens dieses Schreiben unterschreiben könnte.

Doch ich kann es nicht. Ich falle auf jene Rolle herein, die sie liebe Undine, von mir gespielt sehen möchten. Ich tue es ihnen zum Gefallen und vielleicht auch ein bisschen, um ihnen zu gefallen. Von diesem Punkte an, das werden sie zugeben, hört aller Ernst auf. Nichts liegt näher an der Lächerlichkeit als die hohlste und zugleich menschlichste aller Süchte - die Gefallsucht. Und obwohl ich das so klar vor mir sehe, obwohl ich für mich selber übereingekommen bin, auf keine Rolle mehr hereinzufallen, mache ich immer wieder diese verflucht-schönen Ausnahmen. Doch nehmen wir es positiv: In der Nähe von guten Menschen bedürfen wir offenbar nicht des Schutzes unserer guten Prinzipien. Die negative Seite lassen wir heute außer acht: In der Nähe von guten Menschen bedürfen wir ganz besonders und um den Preis unserer Identität des Schutzes unserer guten Prinzipien.

Wenn sie mich also fragen, zu welcher Art Natur es den Mathematiker hinzieht, so muss ich wahrheitsgemäß antworten: Ins Leere. Ja, die Leerheit ist unser eigentliches Sinnen und Trachten, und sie werden diese Maxime besser verstehen, wenn sie sich vergegenwärtigen, worin die Tätigkeit eines Mathematikers eigentlich besteht.

Stellen wir uns einen wahnsinnigen Schneider vor, der alle möglichen Kleider näht. Von Menschen, Pflanzen, und Vögeln ist ihm nichts bekannt. Die Welt interessiert ihn nicht, er fragt nicht nach ihr. Er näht Kleider. Er macht symmetrische und asymmetrische Kleider, große und kleine, dehnbare und solche, die sich nie mehr verändern. Die fertigen Kleider trägt er in ein riesiges Lager. Wenn wir dort Zutritt hätten, würden wir feststellen, dass einige der Kleider die richtige Passform haben für einen Kraken, andere für Bäume, für Schmetterlinge oder für Menschen. Für die überwältigende Mehrheit der Kleider bestünde überhaupt keine Verwendung.

Genau wie der Schneider geht die Mathematik vor. Sie baut Strukturen, ohne dass man wüsste, wessen Strukturen das sind. Die Mathematik sagt über die Welt mehr als sie darf. Ihre Leerheit gibt ihr Unsterblichkeit.
Stanislaw Lem

In der Rolle des Mathematikers war mir lange Zeit wohl, so wohl, wie in jeder beliebigen anderen Rolle - sofern man nicht deren Begrenzungen und Beschränktheiten nachsinnt. Der Blick in Richtung Unsterblichkeit fasziniert - selbst wenn er ein Blick ins Leere ist - und ermöglicht eine immerwährende Produktion von möglichen Strukturen. Dieses Wohlsein wurde bestärkt durch jenen allgemeinen Glauben, der die Glaubwürdigkeit einer Wissenschaft nach deren Mathematisierungsgrad bemisst.

Die Euphorie ist vorbei. Das riesige Lager des wahnsinnigen Schneiders enthält eben kein Kleid für eine Wolke, einen Wasserfall, einen Gesteinsbrocken oder auch nur für einen alten Baum mit tief zerklüfteter Rinde. Nicht einmal für diese Uferlinie da drüben gibt es eine exakte mathematische Beschreibung, bestenfalls eine kindisch-naive Näherung.

Aus dem behaglichen Gefühl des Zuhauseseins auf einem stolzen unsinkbaren Schiff ist das Gefühl des Schiffbruches geworden.

Das Leben ist seinem inneren Wesen nach ein ständiger Schiffbruch. Das Gefühl des Schiffbruches, da es die Wahrheit des Lebens ist, bedeutet schon Rettung. Darum glaube ich einzig an die Gedanken Scheiternder. Ortega y Gasset

Verstehen Sie mich recht: In mir ist keine Schiffs- oder Weltuntergangsstimmung, die irgendwelchen schönen Zeiten nachheult. Aber in mir ist auch nicht

18

mehr jene ungebrochene Zuversicht, die zum unbedingten Erreichen eines festen Zieles nötig ist. Du fährst da auf einem soliden Kahn, glaubst du, und eines Tages bricht eine morsche Bohle, die doch unter dem schwarz glänzenden Teer noch so starken Eindruck machte, und beim Auswringen deiner Socken kommst du ins Grübeln. Du wringst deine Socken und grübelst, während um dich herum ein fleißiges Schöpfen anhebt, die Fahrt fortgeht und der Steuermann den Kapitän und die Passagiere beruhigt, man habe die Lage im Griff. Du grübelst immerfort, wie dieser Schiffbruch zu überleben sei, denn du weißt, dass alles gedankenlose schöpferische Tun um dich her die Katastrophe nicht aufhalten kann. Du ahnst: Die heile Welt zu erhalten bedarf es der Hinwendung zum Gebrochenen, und in einer solchen Situation, da dir deine ungebrochene Zuversicht nicht mehr weiterhilft, behilfst du dich probeweise mit einer gebrochenen. Und siehe - diese gebrochene Zuversicht erweist sich als zäher, genauer, einer komplizierten Lage angepasster.

Viele Naturerscheinungen in ihrer Unregelmäßigkeit und Zersplitterung stellen nicht einfach einen höheren Grad an Komplexität gegenüber Euklid, sondern ein völlig anderes Niveau dar. Die Existenz solcher Formen fordert uns zum Studium dessen heraus, was Euklid als formlos beiseite lässt.

Diese neue Geometrie beschreibt viele der unregelmäßigen und zersplitterten Formen um uns herum - und zwar mit einer Familie von Figuren, die wir Fraktale nennen werden. Benoit Mandelbrot

Nein, es zieht mich nicht mehr hin zum Leeren. Ich möchte hin zu wirbelnden Wasserfällen, zu alten Bäumen mit zerklüfteter Borke und zu wallenden Nebeln. Ein wenig bange ist mir schon, denn ich weiß, dass weder

Geraden, Kreise noch all das andere euklidische Handwerkszeug dabei von Nutzen sein kann.

Das Zersplitterte, Turbulente, Lebendige bedarf einer anderen Herangehensweise, einer anderen Denkhaltung, einer anderen Zuversicht. Ich weiß noch zu wenig über diese neue Art, das scheinbar Formlose zu fassen, ich weiß nur, dass sie sich von jener klassischen Denkweise, der offensichtlich sie, Hans, mit heißem Herzen verhaftet sind, grundlegend unterscheidet, und dass sie auch mit jener romantischen Schwärmerei nichts gemein hat, die so allgemeine Verbreitung gefunden hat, und zu deren - zumindest vorübergehenden - Anhängern auch sie, Undine, zählen. Meine Hoffnung...

Undine hatte der Rede des Mannes immer lustloser zugehört, offensichtlich fand sie sich nicht mehr zurecht in seinen krausen Gedankengängen, aber jetzt, da sie einen Vorwurf gegen ihre romantische Denkart herauszuhören glaubte, drehte sie sich abrupt um, stampfte ärgerlich mit dem Fuß auf, um einer Widerrede energischen Nachdruck zu verleihen, doch sie kam nicht mehr dazu, denn sie hatte ausgerechnet die morsche Bohle getroffen, und so schoss das Wasser in den Kahn.

Schöpfen! rief ich mit heiserer Stimme, - mit der Schippe, mit dem Eimer, mit irgendetwas - nur fleißig schöpfen! Und bei mir dachte ich: Du darfst eine Undine niemals auf dem Wasser beleidigen - das muss Unglück bringen. Und Wasser ist überall.

Undine schöpfte mit der Schippe, der Mathematiker mit dem Eimer und der Mann im Nadelstreifenanzug hatte einen Schuh ausgezogen und schöpfte mit diesem. Der Schiffbruch schien unvermeidlich, und ich wollte den Kahn wenigstens noch in Ufernähe bringen, bevor er gänzlich absoff, denn aus irgendeinem Grunde tat mir der blaue Nadelstreifenanzug leid, vielleicht deshalb, weil er eine Art Sinnbild klassischer Vollkommenheit darstellte, dessen Verwandlung in einen nassen lappigen Lumpen mir im Innersten widerstrebte. Alle riefen und fluchten durcheinander, unaufhörlich stieg das Wasser im Kahn, und plötzlich setzte sich der Mathematiker steil auf, beobachtete einen Moment lang die gebrochene Bohle, zog sich Hemd und Schuhe aus und sprang ins Wasser.

Er tauchte unter den Kahn, drückte von unten die beiden Teile der gesplitterten Bohle wieder nach oben, so dass nach kurzer Anstrengung der Schaden provisorisch behoben war.

Dann stieg er wortlos in den Kahn, und alle begannen irgendetwas zu wringen: Der Mathematiker wrang seine Socken, Undine wrang den Saum ihres Rockes und der Mann im Nadelstreifenanzug wrang seine Krawatte.

Und während sie alle so eifrig wrangen, schien es mir, als habe es die heitere Frage nach dem Wohin unserer heutigen Kahnfahrt nie gegeben und als würden sie alle nicht so sehr Socken, Rock und Krawatte sondern ihr Innenleben auswringen - eines winzigen Tröpfchens Erkenntnis wegen, das solch ein Schiffbruch doch liefern müsste.

Ich schaute mich um. Der wunderschöne Junisonnentag lebte ungerührt fort, aber außer der flirrenden Wärme und dem betäubenden Gräserduft lag nun auch noch ein großes Grübeln über den Wassern. Unter den Wassern mochten die hehren Ziele begraben sein, jedenfalls war von ihnen weit und breit nichts mehr zu spüren. Blieb die verständliche Frage: Wie weit ist es zu Fuß zurück? Eine dreiviertel Stunde, sagte ich, dann trollten sich die Schiffbrüchigen durch die Wiesen davon.

Ich blieb mit meinem Bruchkahn allein und hatte bei der Rückfahrt genügend Zeit und Veranlassung, über die Natur des Gebrochenen nachzudenken.

Und immer war mir, als ob das wirbelnde Wasser leise lächelte.

Wie man eine Hexe wird

Hinter Fliederbüschen, umstellt von hohen Erlen, duckt sich die Hütte der Hexe Boschan. Seit die Alte gestorben war, wusste auch ihr Blockhaus nichts mehr mit sich anzufangen und vernachlässigte sich zusehends. Das Dach sackte durch, das Schilfrohr flog in alle Winde, und eines Tages sah ich die Geier darin, die Leichenfledderer, die Balken und Bretter herausrissen und heimlich davon schleppten zu ihren Sommersitzen. Ich trat näher und sah die eingetretene Tür, die zerschlagenen Fenster, das löchrige Dach. Drinnen lagen die wertlosesten Gegenstände verstreut: zerbrochenes Geschirr, feuchte Matratzen, ein Wäschekorb mit verschimmelten Lumpen. Leise raschelten die Blätter eines Traumbuches.

Armbinde, bunte, anlegen: Narrenpossen verüben.
Birnbaum sehen: Klagen, Kummer und Not.
- blühender: Liebesleben mit ärgerlichen Zwischenfällen.
Bier, helles, sehen oder trinken: du musst deine Begierden bezähmen.
- trübes sehen oder trinken: Krankheit, Not, auch Verdruss.
Sonnenhitze, derselben ausgesetzt sein: mühseliger Lebensgang.

Zwischen den Blättern des Traumbuches steckte ein Zettel, mit dem ich nichts anfangen konnte. Vielleicht war es ein Buchstabenzauber, ein Traum, ein Tagtraum, mit dem sie ihr Dasein zu schönen versuchte und an den sie fest glaubte, wie andere Menschen an den Buchstabenzauber in Zeitungen und Büchern glauben.

Sorgfältig bewahrte ich das vergilbte Blatt mit seinen rätselhaften Zeichen, und manchmal, wenn ich der Eindeutigkeiten unserer vereinbarten Welt überdrüssig bin, suche ich den Zettel hervor und betrachte das mystische Chaos.

raTomaRTTo TENNET
pxma RoTar.
+T +E +ryrby 1 samwt.
NGM natrony
+rbaabE 2
ama+on AEL Jahr Tag S. +,
das helfe Gott mein Vater
Sohn und heiliger Geist

Man erzählt, sie habe den Nachbarn die Milch in den Kannen auf der Milchrampe verhext, damit sie sauer werde. Den Kindern, die sie verspotteten, sei sie nachgelaufen und habe sie mit einem Messer bedroht. Natürlich sei sie im Besitz des siebten Buch Mose und stehe mit dem Bösen im Bunde.

Einmal, es war Sommer, sah ich die Boschan am Fluss beim Wasserschöpfen, und es gab kein Ausweichen, ich wollte schnell vorüber, doch mein Schritt stockte, wie von magischen Kräften beeinflusst, und so blieb ich stehen und wünschte ihr einen guten Tag. Ihre flinken Augen musterten mich misstrauisch - böse Erfahrungen mit Menschen mochten sie auf den ersten Blick böse erscheinen lassen - doch bald ließ sie alle Scheu fallen und ließ sich auf ein Gespräch ein. Sie stand auf einem schmalen Steg, beide Hände auf die hölzerne Stange des Schöpfeimers gestützt, und als der Wind eine Strähne ihres silbergrauen Haares löste, strich sie es mit einer leichten Bewegung zurück. Für einen Augenblick schien es, als stünde da eine mutwillige junge Undine, eine schöne Bewohnerin des Wasserreiches, die soeben den Fluten des Flusses entstiegen ist und die auf einen unvorsichtigen jungen Mann lauert, den sie in ihren Bann ziehen kann.

Junger Mann, gehen sie um Gottes Willen weiter, ich bin die Hexe Boschan und habe bislang allen Menschen Unglück gebracht, mit denen ich es zu tun hatte - am meisten mir selbst. Die Nachbarn nennen mich eine Hexe, weil in ihren dreckigen Milchkannen die Milch sauer wird, und sie glauben so fest an meine Hexerei, daß ich ihnen den Gefallen tue: Im Winter, wenn in der schmutzigsten Kanne die Milch eher festfriert anstatt zu säuern, helfe ich mit ein paar Tropfen Essig nach.

Wie man eine Hexe wird?
Das ist ganz einfach. Ich stamme aus gutbürgerlichem Hause, bin in der Stadt aufgewachsen, und bis zu meinem achtzehnten Lebensjahr bestand mein Dasein hauptsächlich aus Zöpfeflechten und Taschentücherbehäkeln. Mein Vater trug irgendeine kaiserliche Uniform, und als er eines Abends mit einer zweiten Uniform ins Zimmer trat, in der sein stiernackiger Vorgesetzter steckte, begann die Hexerei. Mein unschuldiger Kinderblick hatte diesen Stierkopf in solche Brunst versetzt, dass zwei Monate später die Hochzeit war. In der Hochzeitsnacht wäre ich beinahe

verblutet. Dieses Vieh von Mann hat mich so zugerichtet, dass ich inständig betete, Gott möge ihn für seine Rohheit strafen. Drei Wochen später war er tot: Verblutet auf einem Schlachtfeld des ersten Weltkrieges.

Ein Dutzend Jahre wagte ich nicht mehr meinen Blick zu heben, und als ich es tat, fiel er in die gütigen Augen eines Postbeamten. Ich wollte nur eine Briefmarke kaufen, aber der Mann am Schalter blieb dran kleben, und so hatte ich ihn fortan am Halse. Wieder betete ich inständig, dass dieser Mann die Güte nicht nur in den Augen, sondern in allen Gliedern seines Körpers haben möge, und wiederum wurde ich erhört. Der gütige Postbeamte unterschlug Dienstpost der braunen Machthaber, verbrachte fünf Jahre in deren Obhut und kehrte schließlich geläutert nach Hause zurück. Nie mehr würde er Böses tun, denn alle seine Glieder unterhalb der Gürtellinie waren gelähmt.

Beinahe zehn Jahre schob ich ihn im Rollstuhl, und da die Ärzte eine Heilung nicht völlig ausschlossen, betete ich reinsten Herzens für seine Erlösung von dem Übel. In einer Bombennacht des letzten Kriegsjahres fand auch dieser Wunsch seine makabre Erfüllung: Niemand war da um zu helfen, und so bestand er darauf, dass ich allein den schützenden Keller aufsuche. Nach dem Angriff gab es unser Haus nicht mehr.

Die Leute flohen aus der Stadt, ich ließ mich in dem Menschenstrom mittreiben und landete hier in diesem Spreewalddorf. Man wies mir im Haus des Milchkutschers eine Kammer zu, und Beschäftigung fand ich auf der Post. Ich wollte nützlich sein, nützlich für andere, indem ich Briefe austrug, doch diesen Briefen des letzten Kriegsjahres sah man mit Zittern und Bangen entgegen: Letztlich war ich die Überbringerin der bösen Nachrichten, und alle Bitternis der Leute ergoss sich zunächst über mich.

Nach Kriegsende blieb ich bei der Post und im Hause des Milchkutschers - wo sollte ich hin? - und betrieb nebenher ein bisschen Landwirtschaft. Die Frau des Milchkutschers, ein krummes, abgearbeitetes Weiblein, half mir dabei. Es hätte gut werden können, denn ich besaß in dieser Zeit alles Lebenswichtige: Kartoffeln hinterm Haus und Nachrichten über den Fortgang in der Welt auf der Post. Doch es wurde nicht gut. Eines Nachts stand der Milchkutscher in meiner Kammer, säuselte etwas von „die eigne Frau im Spitzenhemd ist nicht so schön wie einmal fremd" und versuchte schließlich in mein Bett zu kriechen. Er roch nach Schnaps und Kautabak. Ich wehrte mich nach Kräften und wünschte ihm die Impotenz in alle Glieder - und tatsächlich, als meine Kräfte erlahmten und er zu seinem Ziele hätte kommen können, da war nichts da von jenem Zipfel, der ihn doch angestachelt hatte zu diesem Unternehmen. Du hast mich behext, fauchte er in ohnmächtiger Wut und schlich davon.

Seit diesem Tage kämpfte der arme Kerl um die Erhaltung seines Selbstwertgefühls. Er beobachtete mich heimlich und suchte in allen meinen Verhaltensweisen eine Bestätigung dafür, dass ich eine Hexe bin. Und natürlich lieferte ihm die Phantasie die nötigen Beweise. Immer neue Gerüchte wusste er auszustreuen, und bald wurde ich auch für die anderen die Hexe Boschan. Geredet wird auf dem Dorf über jeden und jedes, daran konnte ich mich gewöhnen, schlimm war etwas anderes: Ich erlag der mir zugedachten Rolle und begann bald selber an meine ungewöhnlichen Fähigkeiten zu glauben. Sie wollten wissen, junger Mann, wie man eine Hexe wird. Es ist ganz einfach: Man muss nur inständig und mit allen Fasern seines Herzens etwas wollen. Die Ergebnisse solchen absoluten Wollens sind immer unheimlich.

Gehen sie jetzt weiter, junger Mann, schnell, bevor es über mich kommt und ich ihnen irgend ein Glück wünsche oder ein Lebewohl oder auch nur ein Auf Wiedersehen: Es würde alles im Wortsinne eintreffen. Ich habe Macht über das Wort, aber dem Sinn des Wortes bin ich ohnmächtig ausgeliefert. Ich habe begriffen: Machtwort und Wortmacht sind zweierlei.

Die alte Frau wandte sich wieder dem Fluss zu und schöpfte Wasser in die bereitstehenden Eimer. Ohne ein weiteres Wort oder auch nur einen Blick schleppte sie die Last den schmalen Pfad entlang, der zu ihrer Hütte führte. Auf Wiedersehen, murmelte ich aus Gewohnheit, und tatsächlich, obwohl die Boschan im gleichen Jahre starb und ich sie nicht mehr zu Gesicht bekam, schien dieses harmlose Auf Wiedersehen seine Macht zu entfalten. Meine ziellosen Spaziergänge zielten immer öfter in die Nähe des Hexenhäuschens, und seit ich es betreten habe und dieser Buchstabenzauber in meinen Händen ist, sehe ich diese Frau immer wieder auf dem schmalen Steg am Fluss stehen, beide Hände auf den hölzernen Stiel des Schöpfeimers gestützt und mit leichter Geste eine Strähne ihres silbergrauen Haares zurückstreichend. Immer und immer wieder sehe ich sie dort stehen wie eine mutwillige junge Undine, die soeben den Wassern des Flusses entstiegen ist und die Ausschau hält nach einem liebenswerten Menschen, der ihrer zarten Sehnsucht genügt. Und immer wieder wendet sie sich enttäuscht den trüben Fluten zu, schöpft Wasser in ihre Eimer und geht schließlich still mit ihrer Last davon.

Himmel

Oh schöner blauer Himmel!

Bedacht der alte Bauer spricht:
Du siehst den wahren Himmel nicht.
Das Wirkliche trägt Kleider:
Gepunktet, schwarz, ein Himmelblau
und ab und an ein Regengrau.
Kleider sind wie Waffen,
der richt'ge Himmel lässt sich nicht
von jedermann begaffen.
Hör zu:
Nur wenn es blitzt
kannst du
ein kleines Stück vom Himmel sehn.
Ein Augenblick, die Hülle reißt,
ein schmaler Spalt, es strahlt und gleißt.
Und alles siehst du nie.
Den Rest ergänze deine
Phantasie.
Du glaubst mir nicht?
Dann bleib dabei:

Oh schöner blauer Himmel!

Märchen von der Sehnsucht

Es war einmal eine märchenhafte Zeit, in der sich die Märchen wirklich ereigneten, aber da sie sich wirklich ereigneten, hielt man sie nicht für Märchen, sondern empfand sie ganz selbstverständlich und machte nicht viel Aufhebens mit ihnen. Erst als sich die Märchen zurückzuziehen begannen und die Wirklichkeit in ihrem grauen Einerleileben zurückließen, besann man sich wieder auf sie und suchte nach ihnen.

So geht es seit alters her: Wenn der Zauber übermächtig wird, vertreibt man ihn, und wenn er verschwunden ist, beschwört man ihn mit viel Geschrei und Weihrauch wieder herbei. Wen wundert's, wenn es im Wirklichen wie im Märchen immerfort um Verlust und Suche geht?

Vor Zeiten, als das Wünschen noch geholfen hat, lebte einmal ein Mädchen, das hieß Undine. Es war ein mutwilliges und launenhaftes Kind, und die beiden Alten, bei denen es aufwuchs, hatten viel Plage mit ihm. Die armselige Blockhütte stand inmitten von Wiesen und Wäldern an den Ufern eines launischen Flusses, der von Zeit zu Zeit über die Ufer trat und Hab und Gut der beiden Alten verdarb. Undine kümmerte das wenig, sie war mit dem Element des Wassers aufs engste vertraut, und gerade wenn die Fluten bedrohlich stiegen, wenn sich die Wasser über Wiesen und Äcker ergossen, wenn das Wasser vorne zur Haustür

hereinlief und zur Hintertür wieder hinaus, wenn in ihrer Kammer unterm Bette das Wasser leise gluckste und schwappte, so war es Undine recht wohl, und sie lag lange wach und lauschte, was ihr der Gast unterm Bette zu erzählen habe. In ihrer Glückseligkeit wünschte sie gar, sich diesem lieben Freund hinzugeben und sich ihm anzuvermählen, denn sie war in einem Alter, da die Sehnsucht nach einem Bräutigam übermächtig ist.

In einer solchen Nacht, es war die Nacht vor ihrem achtzehnten Geburtstage, lauschte sie besonders angespannt auf die Erzählungen des Wassers, aber so hellhörig Undine auch sein mochte, der Fluss schwieg. Beunruhigt setzte sich Undine im Bette auf und starrte in die trüben Fluten. Ein fahles Mondlicht schien durchs Kammerfenster, und Undine konnte nichts entdecken als eine blasige graue Brühe, auf der lautlos und verloren eine Pappschachtel schwamm.

Undine wurde es kalt. Ein nie gekanntes Gefühl der Leere breitete sich in ihr aus, und sie ahnte, dass sie etwas verloren hatte, etwas ganz Harmloses und Selbstverständliches, das ihr bislang immer zur Verfügung stand - wie die Luft zum Atmen - und das ihr nun auf immer fehlen würde. Übers Wasser gebeugt, ganz allein mit sich und ihrer ersten düsteren Erfahrung, kam ihr das Verlangen nach Schlaf, nach ewigem tiefen Schlaf, aus dem es kein Erwachen gibt, und sie erinnerte sich ihrer Sehnsucht nach dem Bräutigam, dem sie sich nun - freilich in einem anderen Sinne - auf immer verbinden wollte, und entschlossen setzte sie den Fuß ins Wasser.

Die blasige graue Brühe geriet in Bewegung. Kleine Wellen breiteten sich nach allen Richtungen aus, wurden von den Wänden der Kammer zurückgeworfen und bildeten in ihrer vielfältigen Überlagerung ein äußerst kompliziertes Muster von Wellenbergen und Wellentälern. Die Pappschachtel begann auf und nieder zu hüpfen, drehte sich langsam und vollführte kunstvolle Bewegungen, die Undine an Tanzbewegungen erinnerten. Das fahle einförmige Mondlicht wurde von dieser bewegten Oberfläche in vielfacher Weise reflektiert, und ein Glitzern und Glimmern erfüllte die düstere Kammer.

Undine zog den Fuß zurück. Das Wasser hatte in dieser Nacht geschwiegen, aber es hatte sich auf eine überraschend andere Weise mitgeteilt, und beruhigt schlief Undine ein.

Am anderen Morgen hatten sich die Wasser des Flusses zurückgezogen. Die beiden Alten machten sich in aller Herrgottsfrühe an die Arbeit und ordneten recht und schlecht, was der Fluss durcheinander gebracht hatte. Es wird Zeit, dass Undine einen Bräutigam findet, sagte der Alte, während er ächzend Tisch und Stühle hinaustrug, um im Grünen die Geburtstagstafel zu richten. Zeit wird es schon, sagte die Alte, aber ich fürchte, es wird sich kein Freier in diese Einsamkeit verirren, der sich ausgerechnet unsere eigensinnige Undine auf den Hals lädt.

In diesem Augenblick betrat ein schöner Jüngling den Platz vor der Hütte und erzählte mit warmer Stimme allerlei Zeugs seines Woher und Wohin, das in dem bescheiden vorgetragenen Wunsche nach einem Glas Wasser gipfelte, denn er sei durstig von der Reise. Undine, die alles mit angehört hatte, trat mit dem Gewünschten aus dem Haus und reichte es dem Fremden mit den Worten: So früh schon hier, mein Bräutigam? Der Jüngling errötete, sah sich hilflos nach den beiden Alten um, aber als diese Undines Worte hörten, kamen sie freudig herbei, und des Willkommenheißens und Umarmens wollte kein Ende nehmen. Man nötigte ihn zur Tafel, trug auf, aß und trank, und die beiden Alten konnten nicht genug schwatzen und von der Hochzeit reden. Der Jüngling wusste viel brave Artigkeiten in das Gespräch zu knüpfen, nur Undine saß stumm an der Tafel, lauschte der warmen Stimme des Jünglings und schaute gedankenverloren nach dem Fluss hinunter. In einer Stunde reisen wir, sagte sie plötzlich und verschwand im Haus, um das Notwendige zu ordnen.

Viele Jahre gingen seit diesem Tag ins Land. Die beiden Alten waren längst gestorben, Undine war längst mit dem schönen Jüngling als Ehepaar zurückgekehrt, und die armselige Blockhütte hatte längst einem stattlichen steinernen Haus weichen müssen, darinnen die beiden - so es das Märchen will - glücklich und zufrieden lebten, bis, ja bis eines Abends, die beiden Eheleute waren gerade zu Bett gegangen, der schöne Jüngling, der nunmehr eine hübsche Halbglatze hatte, die einfältige Frage tat: Warum, Undine, - ich muss es dich endlich fragen! - hast du mich damals so ohne mein Zutun zum Bräutigam gemacht? Da wurde es still in der Kammer, und Undine lauschte, ob da noch etwas von der warmen Stimme des Jünglings wäre, aber es war nur scheppernde, verletzte Eitelkeit, die nun endlich durchbrach und mit der sie nichts zu tun hatte.

Weil du es warst! wollte sie entgegnen, aber sie schwieg und lauschte aus dem Fenster, ob nicht der Fluss etwas Tröstliches erzählte, aber auch der war zahm geworden und floss seit langem verlässlich und still in seinem Bette dahin. Armer Fluss, dachte sie, auch dir ist man beigekommen mit Deichen und Dämmen, und wehmütig gedachte sie der Zeiten, da ihr der Fluss durch die Kammer strömte. Eine stille Sehnsucht erfasste sie, aber keine Sehnsucht nach den

Erzählungen und optischen Gaukeleien des Wassers, auch die Sehnsucht nach einem Bräutigam hatte sie hinter sich, - es war eine neue Sehnsucht, für die sie noch keinen Namen wusste, von der sie lediglich ahnte, dass es Zeit für sie war.

Voller Unruhe setzte sich Undine im Bette auf und schaute ihrem schlafenden schönen Jüngling ins Gesicht. Ein fahles Mondlicht fiel in die Kammer, und Undine konnte nichts entdecken als einen röchelnden schwitzenden Männerkopf, auf dessen Halbglatze eine dicke Fliege saß. Nein, von dieser Seite war nichts zu erwarten, jedenfalls nichts Wesentliches, Neues, Anregendes, das ihr heraushülfe aus ihrer Traurigkeit, und sie dachte es ohne Bitterkeit, ohne Vorwurf, denn sie wusste, dass auch von ihr nichts Neues, nichts Anregendes mehr ausging. Nur diese eine Gewissheit wollte sie nicht verlieren: Dass immer dann, wenn ein auf ewig konzipiertes Lebensgefühl einfach so über Nacht verweht, ein Verzweigungspunkt erreicht ist, von dem man aus auf vielerlei Wegen weiterreisen kann. Aber nur einer wird sich als stabil und gut erweisen. Nur einer von den vielen entspricht dieser unheimlichen Sehnsucht, und nur einer führt zum nächsten Verzweigungspunkt, von dem aus wieder nur eine ganz besondere Sehnsucht weiterführen kann. Mit solchen Gedanken fiel sie in einen festen traumlosen Schlaf.

Ein prächtiger Märchenmorgen mit Sonnenschein, Vogelgezwitscher, glitzerndem Tau an den Gräsern - ein Morgen mit all seinen sinnlichen Verführungen war angebrochen, und der ehemals schöne Jüngling war in aller Herrgottsfrühe aufgestanden, um die Unordnung, die er mit seiner dummen Fragerei angerichtet hatte, so recht und schlecht zu beseitigen. Warum ist Undine nur so empfindlich? Fehlt ihr etwas oder bekommt ihr das feuchte Klima nicht? sprach er vor sich hin, während er Tisch und Stühle hinaustrug, um auf der Terrasse die Geburtstagstafel zu richten. Wir sollten eine Reise machen, trockene Luft atmen, sprach er weiter, aber ich fürchte, sie wird dies alles hier nicht gern verlassen wollen.

In diesem Augenblick trat Undine aus dem Haus. Sie setzte sich an den gedeckten Tisch, genoss das Schauspiel dieses Morgens und lauschte der Stimme des einst so schönen Jünglings, die von goldenen Sandstränden und exotischen Erquickungen sprach. Undine gab sich der Stimmung dieses Morgens hin, und ihr war zumute wie in alten Zeiten, da ihr das Wasser des Flusses so wundersame Geschichten erzählte, da sie fasziniert war von seinen zauberhaften Lichtspielen und da sie sich von der warmen Stimme des schönen Jünglings vollständig hatte einhüllen lassen.

Doch bald schon spürte sie, wie sie dieser Zauber nicht mehr vollends einhüllte, wie ihr kühl wurde auf dieser Terrasse, und wie sehnsüchtig sie auf jenes zufällige Ereignis wartete, das sie aus ihrer beginnenden Erstarrung lösen könnte. Vielleicht der Briefträger ... Aber auch der würde nichts bringen als harmlose Glück-Wünsche zum Geburtstag.

Es ist eine Zeit, da das Wünschen hilft, dachte sie, aber da wir nur wünschen, was wir kennen, verlängern wir mit unseren heutigen törichten Wünschen einen Zustand, den wir morgen nur noch halb so gern mögen. Unsere Wünsche wissen nichts von den Verzweigungspunkten, an denen wir schweren Herzens auf eine neue Lebensbahn umsteigen müssen, und so schießen sie stets über jedes Ziel hinaus und lassen uns träge in einer Bewegung verharren, die nicht mehr die unsere ist.

In einer Stunde reise ich, sagte sie plötzlich und verschwand im Haus, um das Notwendige zu ordnen.

40

Das Notwendige ordnen! Undine musste lächeln bei diesem Gedanken, denn wie leicht ließen sich äußere Dinge ordnen verglichen mit denen, die in ihrem Inneren wüste durcheinander wirbelten, und von denen sie nicht wusste, wie sie jemals wieder eine übersichtliche Ordnung erhalten könnten. Sie wusste nur soviel, dass Gevatter Zufall viel zu tun hatte und sich nicht alle Tage in ihre Waldeinsamkeit verirren würde. Dieser Geselle hatte einmal die Wasser des Flusses durch ihre Kammer geleitet und ein andermal den schönen Jüngling in ihre Arme geführt. - Das war viel, und nun wollte sie das Ihre tun, um dem guten Gevatter ein Stück Wegs entgegen zu gehen. Leb wohl, bis bald, dem guten Oheim einen Gruß von dir - so schwatzend bestieg sie den Kahn und stakte davon.

Viele Tage gingen ins Land. Undine war kreuz und quer durchs Land gereist, hatte Oheim und Base besucht, war mit Hinz und Kunz in Disput geraten, - selbst Tempel, Theater und andere Begegnungsstätten hatte sie aufmerksam nach etwas Lebendigem durchforscht, das ihrer so eigentümlichen Sehnsucht entsprochen hätte, doch sie konnte nichts finden. Des Suchens müde griff sie in einem unbeobachteten Augenblick auf ihre alten Sehnsüchte zurück und machte sich auf den Weg: Nach Hause! Zum Fluss! Zum ach so schönen Jüngling!

Und auf ihrem Heimweg, in einer verräucherten Bahnhofsgaststätte, der letzte Zug war grad weg, entdeckte Undine drei Tische weiter einen aufmerksamen Blick, der sie unentwegt musterte, und sie wusste sofort: Die stille bohrende Sehnsucht hatte ihren Gegenstand gefunden.

Undine überkam eine ruhige Gelassenheit. Der Verzweigungspunkt, dieser so überaus unübersichtliche Umsteigebahnhof, war erreicht, und jetzt kam es auf jede Regung, auf jede noch so winzige Einwirkung in eben diesem kritischen Punkte an, wenn Undine die richtige Verbindung erwischen wollte.

Sie lehnte sich zurück und studierte die Speisekarte. Grüne Klöße, Sauerbraten, Kohl. Selbst die Wahl einer Speise würde Einfluss nehmen auf die weiteren Ereignisse, ahnte sie, und da alle bisherige Erfahrung in dieser Situation nicht helfen konnte, legte sie alles beiseite und erwiderte ohne Umschweife den fremden Blick.

Der Blick des Fremden zitterte, als sei er in das Kraftfeld zweier widerstreitender Pole geraten: Die Befürchtung, für aufdringlich gehalten zu werden, zog den Blick weg von Undine, doch das Bedürfnis nach Ansehen und Angesehenwerden ließ ihn auf Undine ruhen. Jener winzige Moment der Erschütterung genügte, um Undines Neugier anzustacheln. Die kleine Unsicherheit in dem Blick des Fremden erweckte ihr Vertrauen, schon immer war ihr unheimlich in der Nähe von sicheren oder gar selbstsicheren Menschen, denn solcherlei Stabilität löscht jeglichen Ansatz zu Veränderung.

Undine fühlte sich entspannt und so wohl wie seit langem nicht mehr. Sie genoss die Nähe und Vertrautheit eines Menschen, ohne sich plumpen Vertraulichkeiten aussetzen zu müssen. Mit heiterer Gelassenheit war ihr Blick in den des fremden Mannes getaucht, und ohne alle Anstrengung blieb er darin, als sei es unter Menschen die selbstverständlichste Sache der Welt einander anzuschauen. Augenblicklich empfand sie, wie sich etwas Verbindendes herstellte, ohne dass sie sich einer quälenden Konversation ausliefern musste. Doch sogleich ertappte sie sich bei einer anderen Art Konversation - eben jener augen-blicklichen, die genau wie ihre akustische Schwester von freundlicher Belanglosigkeit bedroht ist. Je länger der Augenblick dauerte, um so weniger genügte das einfache

Hinschauen. Sie spürte, das Verbindende sei nur aufrechtzuerhalten, wenn sie dem Fremden einen Widerstand entgegensetzte, wenn sie ihm mit der ganzen Kraft ihrer Erfahrungen und Zweifel entgegentrat, um auf diese Weise seine Erfahrungen und Zweifel herauszufordern.

Deine Augen, Fremder, sind sie der Spiegel deiner Seele? Du musst wissen, ich misstraue allen Spiegeln, besonders den ebenen, glatten, die vorgeben, ein absolut genaues Abbild der Wirklichkeit zu liefern. Als ob nicht gerade diese es wären, die am gründlichsten fälschten, die rechts und links vertauschen, genauso wie Wesentliches und Unwesentliches: Immer zeigen sie das Naheliegende als das Große und Wichtige, und in deinen Augen, Fremder, sehe ich eine kleine Neugierde, die sich so groß abbildet, dass man sie fast schon für eine Leidenschaft halten könnte. Deine Augen, Fremder, sind sie der platte ebene Spiegel, der brav alles herzeigt, was sich ihm von innen her nähert? Du musst wissen, ich misstraue auch den Hohlspiegeln, Wölbspiegeln - Zerrspiegeln aller Art, weil sie alle in einer Eigenschaft übereinstimmen: In ihrer Starrheit gleichen sie sich, und alle sind sie unbeteiligt an dem, was geschieht.

Ach, was geschieht denn schon. Ich sitze in einer verräucherten Bahnhofskneipe, warte auf die Abfahrt irgendeines Zuges und vertreibe mir die Zeit, indem ich dir, Fremder, etwas in deinen Blick hineindeute, von dem du nichts weißt. Um uns herum scheint nichts zu geschehen, ich weiß nicht einmal, ob in dir irgend etwas geschieht oder ob du nur aus Eitelkeit meinem Blick standhältst. Nichts geschieht, das einzige, das geschehen könnte, sind wir. Was, zum Teufel, hindert uns daran, einander zu geschehen?

Da, dein Blick hat sich um eine winzige Nuance verändert. Ich kann nicht sagen, ob dies der Reflex auf ein inneres oder äußeres Ereignis war. Vielleicht auch hat es gar kein benennbares Ereignis gegeben - vielleicht haben deine Augen, diese so überaus empfindsamen Reflektoren, auf etwas Unbeweisbares reagiert. Ich stelle mir einen Spiegel vor, der ständig die Form seiner Oberfläche ändert, einer, der alle möglichen Strahlungsarten reflektieren kann, selbst die verborgenen, schwachen, unsichtbaren, und der in jedem Moment nur eine bestimmte, den Bedürfnissen und Notwendigkeiten entsprechende auswählt und reflektiert: Der pulsierende Spiegel als Entsprechung für unsere pulsierende Seele.

Was das Auge sieht, glaubt das Herz, und ich möchte gerne glauben, dass zu deinem standhaften Blick ein standhaftes Herz gehört. Ich fühle mich wohl in deinem Blick, denn ich kann dabei unbefangen meine heimliche Schwatzlust befriedigen, die auf diese Weise fortsprudeln kann, und die dich alsbald in die Flucht schlagen würde, müsstest du ihr akustischer Zeuge sein.

In deinen Blick, Fremder, mischt sich zunehmend etwas Erotisch-Begehrliches, und dieser Irrtum, ich geb' es zu, liegt in solchen Situationen immer nahe. Glücklicherweise stehen drei Tische zwischen uns, und unsere Irrtümer können in aller Ruhe wuchern. Beinahe möchte ich glauben, unsere ganze Sehnsucht gehet dahin, einen schönen Irrtum gehörig auszuleben. Lass mich deinen Augen einen Menschen andichten, ein Schicksal, eine Geschichte, die, wie alle Geschichten, ein kolossaler Irrtum sein wird: mein Irrtum, mit dem du nichts zu schaffen hast. Du würdest lächeln über meinen Irrtum, wie ich mich über deinen Irrtum freue, und wie wir uns über all jene belustigen, die ihre Irrtümer öffentlich machen. Besonders wir

Undinen sind diesem arroganten Lächeln ausgesetzt, weil sich unsere Sehnsüchte, gemessen an der Wirklichkeit, sofort als Irrtümer erweisen. Treffen zwei Menschen aufeinander, so treffen zwei Irrtümer aufeinander: Welcher vermag sich durchzusetzen?

Nun also lass deine Augen erzählen, was deine blassen Lippen verschweigen möchten, etwas von deinem bürgerlichen Leben, denn von einem anderen, fürcht' ich, weißt du nichts.

Das mit dem bürgerlichen Leben habe ich beinahe hinter mich gebracht. Oder besser: Neben mich, denn es ist ja noch da und begleitet mich, aber ich habe es gelockert wie man eine Krawatte lockert, die einem den ganzen Tag Sicherheit gab - zu dem Preise, dass sie mir die Kehle zuschnürte. Gewiss, man hatte seine Kindheit, seine Jugend, seine Erlebnisse. Man ging zur Schule, lernte einen Beruf und heiratete. Man kaufte Teppiche und Möbel, Autos und Bücher, übernahm Verantwortung und bekam Auszeichnungen. Es gab Vergnügen und Krach, Wohlsein und Unwohlsein - es gab so ziemlich alles, was zum bürgerlichen Leben gehört (man lese einschlägige Romane darüber).

Das alles ist noch da und könnte erzählt werden, aber ich mag nicht. Wie unbeteiligt stehe ich neben dem allen und sehe von diesem Standpunkt überraschend anders.

Die stolzen Bäume erheben sich über uns,
wachsen über uns hinaus ins Blaue.
Ich sehe vom Turm die naiven Bäume,
wie Kinder mit ausgebreiteten Armen
streben sie mir entgegen,
arglos,
als wäre ich das Ziel ihres Sehnens.

Das Ziel unseres Sehnens ... Sie schauen mich an, fremde Frau, und mit diesen Augen-Blicken machen sie mich zu dem, was ich in meinem bürgerlichen Leben immer sein wollte: ein angesehener Gelehrter. In den Hörsälen schauen die jungen Leute nur flüchtig auf, oder sie mustern bestenfalls meine Krawatte. Bei den großen Kongressen hält jeder jeden für einen angesehenen Gelehrten, und so sieht jeder über jeden hinweg. Ausgerechnet hier, in dieser verräucherten Bahnhofskneipe, erfahre ich, was das wirklich ist: das Ansehen. Immer wenn ich auf dem Podium stehe und in die vielköpfige Menge hineinrede, bilde ich mir ein, in dieser Menge müsse doch einer stecken, an den ich mich wenden könnte, einer, der mir wirklich zuhört und zu begreifen versucht und der plötzlich den Kopf hebt und mich lange und prüfend anschaut, ob mir denn wirklich zu trauen sei. Aber immer sehe ich nur fahrige Gesten und die verstohlenen Blicke zur Uhr und den höflichen Augenaufschlag der Beststudenten in den vorderen Reihen.

Die Verzweifelten tun alle dasselbe: Sie wenden sich an eine Öffentlichkeit - an die Menschheit! - in der irrigen Annahme, darinnen müsse er doch stecken, dieser eine, an den man sich wenden kann.

Das Ziel unseres Sehnens ... Wehe dem, der es erreicht ... Denn das Ziel unseres Sehnens ist etwas Ärmeres als die Sehnsucht selbst ...

Hören sie diesen Güterzug? Seinetwegen bin ich eigentlich hier, ich wollte ihm um dreiundzwanzig Uhr sechsundvierzig entgegentreten, um mein bürgerliches Leben vollends hinter mich zu bringen. Doch für heute ist es zu spät, vielleicht ein andermal. Seit ich das Ziel meines Sehnens erreicht zu haben glaube, laufe ich des öfteren zum Bahnhof, erwarte den Güterzug um dreiundzwanzig Uhr sechsundvierzig, und wenn dann der Zug herandonnert, trete ich gelassen beiseite. Das ist alles.

Natürlich weiß kein Mensch von meinem heimlichen Laster. Auch ihnen würde ich kein Wort davon erzählen, wenn ich noch Herr über meine Augen wäre. So bleibt mir nur mit dem Munde zu leugnen, was meine Augen ausplaudern.

Seit ich hierher komme, habe ich das mit dem bürgerlichen Leben beinahe hinter mich gebracht. Oder besser: Neben mich, denn man muss einem heranbrausenden Zug oder einer anderen berechenbaren Bedrohung Auge in Auge gegenübergestanden haben, um zu begreifen: Wie gering ist doch die Gefahr überrollt zu werden gegen die Gefahr, unter die Räder des bürgerlichen Lebens zu kommen.

Sie schauen noch immer? Ihre Augen, fremde Frau, scheinen Gesetzeskraft zu besitzen, und ich kann mich ihnen nicht entziehen - das Gesetz der Sehnsucht hält mich gefangen. Manchmal frage ich mich, wenn ein Mensch und ein Gesetz aufeinandertreffen, was gilt dann mehr - der Mensch oder das Gesetz? Gewiss, ich gehorche den Gesetzen ihrer Augen, und ich komme nicht los von ihnen, und der Gedanke an Hexerei liegt nahe.

Ich habe den Anblick bekommen, und ich werde nach altem Brauch etliche glühende Kohlen in einen Topf voll fließenden Wassers einschütten und drei Kreuze machen: Zischen die Kohlen, so wird es mir helfen, und sie, fremde Frau, die sie mir den Anblick angetan haben, kriegen Blasen auf den Lippen.

Aber zuvor muss ich loskommen, muss mich dem Gesetz entziehen, und ich weiß auch, wie das möglich ist: Ich suche in der Art der Rechtsgelehrten nach der schwachen Stelle, die jedem Gesetz eigen ist, nach jener Ungereimtheit, die am sorgfältigsten versteckt

48

wird, weil von dieser Stelle aus das ganze Gesetz leicht aufzudruseln ist.

Das ist es: Ihre Augen lächeln! Ich bin erlöst! Denn für heitere Gesetze, glaube ich, ist die Zeit noch nicht reif, und ich wüsste keinen, der sich ausgerechnet an Heiterkeit gebunden fühlte.

Der Blick des Mannes zitterte nervös, bevor er sich endgültig losriss und nach einem bedeutenderen Objekt suchte: Die Bahnhofsuhr! Ein kurzer dicker Zeiger und ein dürftig schmaler. Der Mann starrte darauf, als sei von diesem Messgerät allein Rettung zu erwarten, und der dürftig schmale Zeiger zuckte furchtbar zusammen und übersprang ein Stückchen Zeit. Hastig, als müsse dieses wichtige Ereignis auf der Stelle weitergesagt werden, verließ der Mann den Raum.

Undine lehnte sich zurück. Aufmerksam hatte sie die Flucht des Mannes verfolgt, ohne sich dabei über ihre Gefühle im klaren zu sein: Traurigkeit oder Triumph? Es ist doch eine Zeit, da das Wünschen hilft, dachte sie, aber was nützt das, wenn man sich über seine Wünsche nicht im klaren ist. Sie sann über die Bedeutung dieses langen Augen-Blickes nach und konnte zu keinem Ergebnis kommen. Aber eines spürte sie: Ihre unheimliche Sehnsucht, die sie zu dieser Reise angetrieben hatte, war gestillt - nein, nicht gestillt! - lediglich die Farbe der Sehnsucht hatte sich um eine Nuance geändert und ließ all ihre Wünsche - ihr ganzes Leben! - in einem neuen Licht erscheinen. Die Farbe der Sehnsucht ...

Undine hing noch eine Weile diesem Gedanken nach, dann reiste sie mit leichtem Herzen fort, bis sie daheim bei ihrem einstmals ach so schönen Jüngling war.

Zampern!

Der Zusammenprall des Sonntags mit dem Alltag. Der Einbruch ausgelassener Heiterkeit in die ernsthaften täglichen Verrichtungen.

Zampa, zampa in der Gasse
führt den Branntwein in die Flasche,
Eier in den Kober
Geld in die Tasche,
gebt mir'n Stück Speck,
geh ich von eurer Türe weg.

Das fröhliche Völkchen singt, schreit, tanzt, trinkt, lacht, und der Musikante - ich! - gibt sein bestes. Zampern, das ist der lärmende Rundgang durchs Dorf zur Fastnacht, das ist Tradition, die sich überall dazwischendrängt, um etwas zusammenzuhalten. Zampern ist Einklagen des Dankes, den die Älteren der Jugend für ihre Wintersarbeit (früher in den Spinnstuben) schuldig sind. Zampern: Der Einblick in Häuser, Verhältnisse, Menschen. Du siehst die Hunde, die Schafe, die Geizigen, die Freigebigen. Frischer Kuchen! Danke, gute Frau. Und dann der Regen, der scharfe Januarwind, der klebrige Acker - und noch einmal der treue Husar! Wir müssen weiter, das Dorf ist groß.

Die Gehöfte wachsen hier wie Bäume: Jahresringe, erst die Blockhütte der Alten mit den gekreuzten Dachlatten - die Silhouette des Schlangenkönigs als Glücksbringer, dann der Anbau, die Veranda, der Stall, die Scheune, das Ausgedingehäuschen, der steinerne Neubau für den Sohn, die Garage, der Hundezwinger, manchmal ein Backofen oder ein strohgedeckter Bootsschuppen. Wo du hinkommst - die Leute schlafen nicht, sind nicht beim Fernsehen, sie sind bei einer Arbeit. Sie arbeiten im Stall, in der Scheune, in der Küche, auf dem Dach, - archaische Verhältnisse, scheint's, doch im Verwaltungsgebäude der Bauerngenossenschaft gehts zünftig zu. Der Computer funktioniert prächtig und wirft endlose Zahlenkolonnen aus. Die Bauernfunktionäre funktionieren nicht schlechter und sitzen seit Stunden in einer Sitzung: Der Alltag der Funktionäre ist das Funktionieren. Der Pförtner hebt erschrocken die Hände: Draußen bleiben! Da sind sie auch schon drin und brüllen ein passendes Lied: Dreißig Meter im Quadrat Blumenkohl und Kopfsalat... Der Vorsitzende entschließt sich zu einem gemäßigten Lächeln, der Vorstand schließt sich an, die Börsen werden gezückt, hei, das lohnt sich! Und spilleriger Tilo, der sich mit seiner blauen Schiffermütze ein bisschen wie Hans Albers vorkommt, greift sich ohne Umstände die ausladende Sekretärin, schwenkt sie herum, und alle singen: Den Schnee- Schnee- Schnee- Schneewalzer tanzen wir, du mit mir, ich mit dir... Hallo! Und danke und auf Wiedersehn, bleibt nicht so lange fort...

Weiter, zum Korbmacher. Vorm Haus die Weidenruten, zurechtgeschnitten, ausgewählt, von einer unsagbaren wundervollen Farbe, die das beste Colorgerät nicht annähernd wiedergeben könnte. Der Korbmacher sitzt im Schuppen und macht Körbe, wie sollte es

anders sein: Der Alltag des Korbmachers ist das Körbe-
machen. Er blickt auf, ohne dass der blicklose Blick
die schwarze Brille durchdringt, und mit sicherer Hand
ergreift er das dargebotene Glas und kippt den schar-
fen Schnaps in einem Zug hinunter.

Weiter, immer weiter, und es regnet unaufhörlich, der
Wassermann lässt grüßen, Wasser rinnt in den Kragen, dringt in die Stiefel - Prost! - und noch einmal der
Schneewalzer. Zuerst lugen die Kinder aus dem
Fenster, dann kommen der Hausherr und die Haus-
frau, Verbeugung, darf ich bitten? Und die Holzpanti-
nen klappern über den gepflasterten Hof.

Dann, aus der Tiefe des Hauses, die zerbrechlichen
Omas mit ihren Kinderaugen, in denen ein Funke auf-
glimmt und eine ferne Erinnerung - Zampern, ja, das
war doch vor Zeiten, als das Blut, jung einst, gefähr-
lich gärte und nichts wissen wollte von Alltag und Alter. Der Alltag der Alten ist das Altern ... Oma, komm,
ein Tänzchen, ein Schnäpschen, ein Liedchen ... Kinderchen, danke, da, nehmt, es kommt so selten je-
mand vorbei ... Ein großer Geldschein verschwindet in
der Büchse, so groß, dass es für einen Augenblick still
wird. Aber Oma ... Schon gut ... Extra-Lied, extra laut,
extra schön: Unsre Oma fährt im Hühnerstall Motor-
rad ... Auf Wiedersehn - bis zum nächsten Jahr! ...
Aber Kinder, da will ich doch schon lange tot sein! ...
Oma, du wirst doch nicht geizig werden auf deine alten Tage ... Gott bewahre, ich lad euch alle zu meiner
Beerdigung ein, da müsst ihr so schön singen wie heute! ... Machen wir! Wir versaufen unser Oma ihr klein
Häuschen ...

Singend marschiert das bunte Grüppchen weiter,
immer am Fließ entlang, von Hof zu Hof, manchmal
quer über den Acker. Die Bügel der Folienzelte rosten
vor sich hin und stehen verloren im Regen. Zerweichte

Wege. Aufgeplusterte Spatzen. Rauchfahnen über den Dächern. Jahreszeit des Besinnens von der Arbeit auf die Arbeit. Besinnen auf anderes als Arbeit - Fastnacht zum Beispiel - seit alters her und immer aufs Neue: Fastnacht krempelt die ernsten Verhältnisse um. He, Dorfsheriff, halt mal an mit deinem schröcklichen Töff-Töff, du bist wieder mal zu langsam gefahren - tut uns leid - das macht zehn Mark, na, sagen wir zwanzig, weil du's bist ... Und einen Stempel! Lisa, den Stempel! Und Lisa, dieses verrückte Biest, drückt dem verlegenen, hilflos der übermütigen Meute ausgesetzten Manne, ihre kirschroten Lippen auf die Wangen, dass diese fortan kirschrot leuchten und weithin künden von der Sünde des Sündenverhüters. Der Alltag des Sündenverhüters ist das Sündeverhüten, aber was soll er machen, wenn er unverschuldet in einen Sonntag gerät?

Vorwärts, Kinderchen, wir müssen noch bei Tageslicht zum Fotografen. Der Fotograf! Der Alltag des Abbildners ist das Abbilden, aber heute wird ihm sein Alltag sauer, denn die aufgescheuchte Meute will einfach nicht ordentlich zu Bilde sitzen. Doch endlich - ein Blitz fährt in das quecksilbrige Völkchen - danke, das war's, und als hätte dieser Blitz tatsächlich eingeschlagen und alle Lebensregungen gelähmt, fällt die euphorische Stimmung, die den ganzen Tag bestimmend war, in sich zusammen und macht einer nüchternen Alltagsstimmung platz: Das Abbild ist im Kasten. Das Zampern ist zu Ende.

Nichts ist zu Ende. Zwei Stunden später trifft sich alles wieder auf dem Tanzsaal. Müde vom Zampern? Wovon redest du? Schon gut, ich dachte nur ...

Der Alltag der Jugend ist wohl die Jugend ...

Wassermanns Töchterlein

Atmen! Tief atmen! Diesen sanften stillen Frühlingstag genießen, wo die Bäume, Häuser, Menschen aussehen, als würden sie sich alles gefallen lassen.

Aufatmen! Vergessen! Aufatmend werfe ich mich in die Vergessenheit - vergessend, wie ich meine Vergessenheit immer wieder um und um pflügen werde, und wie jeder einzelne Brocken irgendwann auftauchen würde, den Steinen gleich, die immer aufs Neue den Acker bedecken. Steine wachsen in der Erde und hören erst auf, wenn sie die Sonne sehen, glauben die hiesigen Bauern, und beinahe glaube ich es auch.

Wohin gehe ich? Es muss doch einen Punkt geben, dem ich insgeheim zustrebe, auch wenn meine Sinne so tun, als genügte ihnen der Rausch. Ganz sicher: Ich strebe einem Punkt zu, irgendeinem besonderen Punkt, der sich zum Mittelpunkt von irgendetwas macht.

Die Mühle! Seit Jahrhunderten steht sie an dieser Stelle des Flusses: Vom Blitz getroffen, vom Hochwasser weggeschwemmt, in Kriegen zerstört, wuchs sie immer wieder empor, wie ein Baum, dessen tiefreichende Wurzeln schwer zu treffen sind. Von der Mühle her wuchs das Dorf, und hier bei der Mühle im Fluss sind auch die kleinen Kinder. Da holen sie die Frösche aus den Löchern zwischen den Baumwurzeln hervor, und die Bademutter (die Hebamme) fischt sie

dann mit einem Käscher aus dem Wasser und bringt sie zu den Leuten ins Haus, erzählt man sich. Seit alten Zeiten bringt man in die Mühle das Korn, lässt es mahlen und erkundigt sich nebenher, was der Wassermann wieder angestellt habe. Denn dieser windige Bursche macht dem Müller arg zu schaffen: Er wirtschaftet nachts in der Mühle, brät sich Fische oder wühlt die Ufer aus, dass alle Jahre neue Befestigungen nötig werden.

Ich gehe. Wohin gehe ich? Jedes normale Dorf hat einen Marktplatz, eine Dorfstraße oder wenigstens eine Linde, wo man das Gefühl hat, hier befinde sich der Mittelpunkt des Dorfes. In diesem Dorf ist alles anders: Die Hauptstraße führt im Kreis, die Gehöfte sind weit verstreut, und selbst der Fluss, der anderswo so etwas wie eine zentrale Ader ist, verästelt sich in Dutzende Fließe. Kein ordentlicher Mittelpunkt, der den Leuten Halt gäbe, und so bleibt den Leuten nichts übrig, als sich ihre Mittelpunkte selber zu schaffen. Die Gedanken und Handlungen der Leute kreisen unablässig um irgendwelche Mittelpunkte, und im Ergebnis finden wir frisch gepflügten Acker, Gartenzwerge, nach Teer riechende Kähne, Autos, tote Fische, Zeitungen, - und es liegt in der Natur der Menschen, diese Gedanken und Handlungen immer höher hinaufzuschrauben.

Es beginnt zu dämmern. Hinter der Flusskrümmung sehe ich wieder die Mühle: Ich bin im Kreis gelaufen. Auf dem Damm in der Nähe der Mühle brennt ein Feuer. Am Feuer sitzt ein vertrocknetes Männlein mit braun gegerbter Gesichtshaut, roter Jacke und grüner Mütze. Es sitzt da mit untergeschlagenen Beinen und brät Fische. Mir ist die Gestalt vertraut und unheimlich zugleich. Das Männlein mustert mich scharf und lädt mich zum Fischessen ein. Zuerst aber ein Schnaps, na, noch einen. Ich

hocke mich am Feuer nieder, spieße den dargebote-
nen Fisch auf einen Stock und halte ihn über die Glut.
Es ist still, und ich lausche der Sprache des Feuers.
Unvermittelt beginnt das Männlein zu sprechen. Mit knar-
render Stimme redet es vor sich hin, ohne Zusammenhang, wie es mir anfangs scheint, doch als ich zu verstehen beginne, sträube ich mich zu verstehen.

Kaltes Wasser, kaltes Wasser.
Schönes warmes Feuer, schöne heiße Fische.
Ach, Undine, Töchterlein, wie mag es dir ergangen sein?
Im Kalten hält's dich nicht,
im Heißen gefällt's dir nicht -
willst du andre Welten messen,
musst du deine bald vergessen.
Kannst du nicht, kannst du nicht.

Kalte Worte, kalte Worte.
Schöne warme Lieder, schöne heiße Tänze.
Ach, Undine, Töchterlein, wie mag es dir ergangen sein?
Im Kalten frierst du,
nach Heißem gierst du -
Willst du in der Welt bestehen,
musst du auf der Grenze gehen.
Willst du nicht, willst du nicht.

Kalte Herzen, kalte Herzen.
Schöne warme Lippen, schöne heiße Küsse.
Ach, Undine, Töchterlein, wie mag es dir ergangen sein?
Das Kalte begehrt dich,
das Heiße verzehrt dich -
willst du eine Welt erhalten,
wird die andre dir erkalten.
Darfst du nicht, darfst du nicht.

Ich bin der Nix, der Wassermann. Ich bin eine Erfindung des Menschen. Ich bin eine abgeschobene Idee, eine weggeworfene Angst, eine ins Wasser verbannte Unerträglichkeit. Die Menschen mögen mich nicht. Aber meine Töchter, die Undinen, die mögen sie. In ihnen lieben sie das andere, Fremde, Entfremdete, und sobald sie es wiedererkennen als ihr eigenes Verworfenes, lassen sie es gleichgültig fallen.

Hast du meine Undine gesehen? Weißt du um ihr Schicksal? Denn als heute in meinen Wassern so blutrote Blasen aufstiegen, wurde mir bange ums Herz: Es ist etwas geschehen mit ihr.

Ihr Menschen seid die bösen Geister des Luftreiches, ohne Seele begabt, und erst wenn ihr euch mit uns Wassergeistern vermischt, gelangt ihr zur Seeligkeit. Aus dem Wasser heraus mag uns die Menschenwelt im gebrochenen Licht erscheinen, aber soviel lässt sich erkennen: Ihr seid stolz auf die Ergebnisse eures Tuns, ihr macht viel Aufhebens um eure Fortschritte und haltet euch viel zugute auf eure menschliche Güte, aber gerade dieser unerschütterliche Glaube an eure eigene Güte macht euch zu allem Bösen fähig. Denn das Gute kann sich nichts besseres vorstellen als sich selbst und entzieht sich damit reinsten Herzens jeder Verantwortung. Ihr Menschen rackert und schuftet und belobigt euch, und euer rastloses Tun ist eine wunderbare Art, sich den wirklichen Existenzfragen n i c h t zu stellen.

Wo ist meine Undine? Was ist mit ihr geschehen? Du hast meine Undine nicht gesehen? Nichts gesehen, das ist immer noch das beste ... Da kann man nichts machen ...

Manchmal sehe ich die Menschen über das Wasser gebeugt, als wollten sie mit ihren Blicken eindringen in die Tiefe des Wasserreiches, doch das Wasser ist trüber geworden, und so wenden sie sich schnell ab und

gehen ihren Geschäften nach. Das Äußerste: Ein Junge lässt einen Stein am Bindfaden ins Wasser gleiten und ruft stolz: Die Tiefe des Wassers beträgt zwei Meter! Aber Tiefe ist etwas anderes.

Wer will wirklich in die Tiefe? Wer nimmt die Gesamtheit dessen, was ein Ding oder ein lebendiges Wesen an Andeutungen anderer Dinge enthält, auf sich und damit alle Last und Verantwortung?

Kennst du einen, der in diesen Wassern mehr sieht als eine bequeme Möglichkeit zu baden, zu fischen, Kahn zu fahren und natürlich jeglichen Dreck loszuwerden? Kennst du einen, der in Undine mehr sieht als ein anmutiges, anregendes, launisches, praktisches, gebärendes, gehorchendes, benutzbares Wesen? Kennst du einen, der Undine g a n z haben will? Ihr Menschen! Ihr Kleinigkeitskrämer, die ihr mit ein paar oberflächlichen Reflexen vorlieb nehmt und damit alles verderbt.

Da ist diese unschuldige, blöd vor sich hindösende Natur, die ihr schwärmend begafft, bis ihr keine Lust mehr habt. Dann greift ihr zur Flinte, zur Axt, zum Bagger und verwüstet ein wenig diese Natur, die nun nicht mehr blöd vor sich hindösen kann. Sie existiert nicht mehr. Da ist diese naive Undine, die ihr schwärmend umwerbt, bis euer Verlangen gestillt ist. Dann greift ihr zur Ehe, zur Bürokratie, zur Prostitution und verödet ein wenig diese Undine, die nun nicht mehr naiv in die Welt lächeln kann: Ihr ist die Unschuld genommen.

Ach, ihr Menschen, ihr Denker, die ihr eure eigenen Gedanken anschwärmt statt sie ernst zu nehmen. Ihr habt längst herausgefunden, dass es immer zwei Welten, zwei Prinzipien, zwei Menschen sind, die im Aufeinandertreffen neues Leben ermöglichen, aber ihr bleibt bei euren Monologen und sonstigen Monotonien und kämpft verbissen um deren Erhalt. Ihr wisst um alle Gefahren, aber ihr schwärmt. Und weil ihr eure eigenen tiefen Gedanken nicht ernstnehmt, macht ihr euch schuldig.

Das Männlein erhebt sich. Nun muss ich wohl, der Rücken wird mir kalt, sie wissen ja - mein Rheuma. Kommen sie doch gelegentlich vorbei, ihre Schuhe sind fertig. Auf Wiedersehen.

Ich starre ihn an. Auf ..., sage ich und verkneife mir das „Wiedersehen". Ich muss an die Hexe Boschan denken, die mir einst den Respekt vor den eigenen Wünschen lehrte, und betrachte mir diesen Wassermann, nein diesen einfachen Dorfschuster, der sich umständlich seine fettigen Hände an der Hose abwischt.

Was hat der Schuster gesagt und was meine Einbildung? „Der unerschütterliche Glaube an die eigene Güte macht zu allem Bösen fähig" - kann ich solche Erfahrung dem Schuster zutrauen oder muss ich sie auf mich nehmen?

Das Feuer sinkt in sich zusammen. Vom Fluss her weht ein leises Plätschern herüber, so, als würde sich ein Fisch im Schlafe umwenden. Die kühle Nachtluft reizt meine Haut und hält mich wach, obwohl mir nach Schlaf zumute ist. Ich muss gehen. Ich muss schlafen. Ich muss nach Undine sehen.

Höhenflug

Gestern flog ein Schwarm Tauben auf und kreiste friedlich über dem Haus. Friedliche Tauben - Friedenstauben
- dachte ich für einen Moment, bis ich bemerkte: Jedem
Taubenflug geht ein erschreckendes Ereignis voraus. Kurz
zuvor ertönte das markerschütternde Wiehern eines Pfer-
des, das im Auto der Abdeckerei vorüberfuhr und wohl
ahnen mochte, dass es nicht mehr zurückkehren würde,
und erschreckt stiegen die Tauben in die Lüfte. Immer ist
es ein Hundegebell, ein Schuss, irgend ein Geräusch, eine
Angst, die die Tauben in die Lüfte flüchten lässt. Friedlich
kreisende Tauben...

Unsere natürliche Einstellung ist eine triviale. Sie dient
vordergründig unseren Bedürfnissen und hält sich ans
Klischee. Nur manchmal, in außergewöhnlichen Situationen, dort, wo das Klischee nicht hinreicht, dann, wenn
uns selber ein tiefer Schreck in die Glieder fährt, wenn
wir kopflos flüchten aus unserer gewohnten Vorstellungs-
welt, wenn uns eine Ekstase schüttelt, eine Leidenschaft,
eine Gier, eine Angst - in solchen Ausnahmezuständen
kreisen wir zuweilen über unseren sonstigen Verhältnissen, sehen aus ganz anderer Perspektive auf das Gewohn-
te, suchen nach Ursachen und Zusammenhängen, schlagen ängstlich mit den Flügeln, bis wir kraftlos niedersin-
ken und uns trösten: Es war nichts. Die triviale Einstellung hat uns wieder.

Die Vögel mussten von jeher als Träger unserer auffliegenden Phantasien herhalten. Die Vögel! Ausgerechnet diese empfindsamen Geschöpfe, die sich das Fliegen als einzige Rettung vor den trivialen Fressgelüsten ihrer vielen Feinde erfanden! Die ängstlichen, ewig aufgeregten Bewohner des Luftraumes als Gegenstand unserer poetischen Verklärungen! Oder sind unsere Phantasien, Poesien, Träumereien ebensolche aus der Not geborenen Erfindungen, in die wir uns flüchten, wenn uns die Banalitäten des Alltags aufzufressen drohen? Für Augenblicke fühlen wir uns geborgen, erlangen eine gewisse innere Sicherheit zurück, stärken uns in in diesen Regionen, bis wir unter der gestärkten Seele eine zunehmende Schwäche unserer Physis wahrnehmen: Wir müssen zurück ..., wir müssen essen, schlafen, arbeiten ..., wir müssen zurück ins andere ..., wir müssen unsere Lufträume - die Poesien - verlassen ..., wir müssen zurück ins Banale, zurück zu unserer trivialen Einstellung ...

Gestern, im Bauernhof nebenan, streute ein kleiner Junge Körner aus, und sogleich landete der Taubenschwarm, und die Tauben pickten und pickten, als hätte es diesen markerschütternden Pferdeschrei nicht gegeben.

Aphoristisches

Der Weise sieht das Wesen:
Wo der Topf hohl ist, liegt sein Nutzen.
Die Narren denken weiter:
Alles Unnütze ist entbehrlich.
Das wäre: die tönerne Hülle.

Einmal kam mir der Gedanke: Nie mehr das Gedachte aufschreiben, sich ganz und gar dem Leben zuwenden und es vollständig verbrauchen - ohne Reflexion.
Ich fand den Gedanken wunderbar und schrieb ihn auf.

Mit der Darlegung einer Idee begreift man deren Unhaltbarkeit am besten.

Es fällt uns schwer, denen, die uns überholen, Gutes zu wünschen.

Sie hatten außer ihrer Liebe keine weiteren Vorräte. Nun fraßen sie diese gemeinsam auf.

Was der Jugend an Lebenserfahrung fehlt, haben die Alten nicht immer griffbereit.

... die unbillige und niemals gestillte Sehnsucht nach Ge-
meinschaft, die unbeholfenen Versuche, Abstand und Isolie-
rung aufzuheben ...   *Ingmar Bergmann*

Entsetzliche Geschichten

Ich erfahre entsetzliche Geschichten, ein bisschen
erlebe ich sie mit.

An einem milden Junitag schlendere ich durch die
Stadt. Die Luft ist angefüllt mit Fliederduft und dem Quiet-
schen der Straßenbahn. Meine Geschäfte in der Stadt sind
erledigt, und ich leiste mir eine diffuse Stimmung - einfach gehen, atmen, schauen, riechen. Das Polizeiauto auf
dem Bürgersteig vor einem alten unbewohnten Hause
unterbricht nicht nur meinen Spazierweg, es gibt meinen
Gedanken Richtung und Ziel. Ich gehe auf die andere Stra-
ßenseite und lehne mich an eine bröcklige rote Backstein-
mauer. Ein zweites Fahrzeug braust heran, drei Herren in
Zivil steigen aus und verschwinden in dem baufälligen
Gemäuer. Im ersten Stock werden Fenster geöffnet.

Passanten bleiben stehen, mit schlecht verhehlter
Gelassenheit warten sie auf die Bestätigung dessen, was
in ihren Phantasien längst Gewissheit ist: Hier geschah
ein Verbrechen. Das dritte Auto, schwarzlackiert, löst ge-
heimen Triumph aus: Hab ich's nicht gewusst?

Die alte Dame mit dem weißen Pudel, die seit geraumer Zeit die Straße auf und ab marschiert, als habe sie kein anderes Interesse als ihren Hund, bleibt endlich stehen und wendet sich mit verschwörerischer Miene an mich: Man hat es gefunden. Ich verstehe nicht gleich, was sie meint, und frage, was man denn gefunden habe. Sie schrickt zusammen, presst die Hand auf den Mund und trippelt eilig davon, doch kurze Zeit darauf kommt sie zurück und erzählt ohne Umschweife von dem Kind, das sie im ersten Nachkriegsjahr in dieser Wohnung da drüben geboren hat, erzählt von seinem Vater, einem schönen georgischen Offizier, der gleich bei Kriegsende bei ihr einquartiert war, sie schildert ihre Angst vor dem Ehemann, den sie bald aus französischer Gefangenschaft zurückerwartete. Schließlich gesteht die Frau, sie habe das Kind verhungern lassen und dann unter der Dielung des Wohnzimmers versteckt. Was sollte ich denn machen?

Eine entsetzliche Geschichte, um so mehr, als man gegenüber eine Bahre aus dem Hause trägt, unter deren weißen Tüchern eindeutig eine erwachsene Person zu erkennen ist.

Die Frau besinnt sich, schaut auf die Uhr, ich muss los, sagt sie freundlich, und ich begleite sie die Straße hinunter. Wir reden vom Wetter, von der Bequemlichkeit im Altersheim und allem möglichen belanglosen Kram, schließlich verabschieden wir uns, als gäbe es diese entsetzliche Geschichte nicht. Der Mann im Vorgarten zwinkert mir zu: Sie müssen nicht alles glauben, was die Erna erzählt.

Die Straße liegt harmlos in der Abendsonne. Ich werfe einen Blick zu dem baufälligen Haus hinüber. Die Fenster im ersten Stock sind geschlossen. Hat sich hinter deren Scheiben das Entsetzliche tatsächlich abgespielt? Oder war es die „unbillige und niemals

70

gestillte Sehnsucht nach Gemeinschaft, der unbeholfene Versuch, Abstand und Isolierung aufzuheben", der zur Erfindung dieser Geschichte führte?

Und wenn es so wäre: Liegt nicht in der Erfindung des Makabren, Pathologischen, Grauenvoll-Unheimlichen mindestens ebensoviel Entsetzlichkeit wie im Entsetzlichen selbst? Denn das Entsetzliche ist das allerletzte, allerstärkste Mittel, um in Stumpfheit verfallene Gemüter wachzurütteln.

Am Abend schreibe ich ins Tagebuch:

Geschäfte in der Stadt erledigt. Den ganzen Tag wundervolles Wetter. Immer wieder auf Entsetzliches gestoßen. Ich weiß nichts damit anzufangen. Der Bus nach Hause entsetzlich voll.

Der falsche Tannhäuser

Ich ging in einem grünen Wald
hinauf dort zu dem Berge.
Es wispert und raunt und singt so fein
im Reich der Nymphen und Zwerge.

Ich höre, was ich hören mag:
Ein himmlisches süßes Singen
dringt aus dem Berg. Mir deucht, es ist
die Stimm der Frau Venussinnen.

- Herr Tannhäuser, seid willkommen mir,
lang seid ihr ausgeblieben.
Die Welt ist alt, mein Leib ist jung,
kommt, lasst uns zärtlich lieben.

- Frau Venus, dieser bin ich nicht,
für den ihr mich hier haltet.
Ihr irrt: Die Welt ist jung, jedoch
mein Leib, der ist erkaltet.

- Tannhäuser, so besinnet euch!
Dein Mund darf nicht so sprechen.
Legt euch zu mir und schweiget still,
und lasst die Leiber sprechen.

- Ihr sprecht so fremd und doch vertraut
aus eures Herzens Grunde.
Mir hat die Welt gelehret nur
das Reden mit dem Munde.

- So will ich euch lehren, Tannhäuser mein,
was fehlet in eurem Wissen:
Zum einen lehre ich eurem Mund
das Schweigen. Zum andern das Küssen.

- Frau Venus, lasst es sein genug,
das Lieben ist mir entbehrlich.
Ich muss hinauf dort zu dem Berg.
Lebt wohl, der Weg ist beschwerlich.

Ich ging in einem grünen Wald
bergan und kam ins Sinnen.
Und oben Kälte, Dunkelheit.
Ein Regen begann zu rinnen.

Da kehrt ich um, lief durchs Gebirg:
Frau Venus, lasst euch zeigen!
Ein Eulenschrei. Dann Grabesruh.
Der Berg - ein großes Schweigen.

Und gehst du in einem grünen Wald,
und hörst du ein liebliches Singen,
dann denk, wie mirs ergangen ist
mit Frau Venussinnen.

Ich bin einem Schwein begegnet

Ein aufreibender Tag im Büro lag hinter mir. Und da bin ich dem Schwein begegnet. Es handelte sich um ein richtiges ringelschwänziges vergnüglich grunzendes Hausschwein mit Schinken, Eisbein und Leber.

Das Schwein benahm sich wie ein Mensch. Es trottete diszipliniert am linken Fahrbahnrand und ließ sich vom spärlich vorüberrollenden Verkehr nicht im geringsten beeindrucken. So jedenfalls schien es mir, obwohl ich zugebe, über den wahren Zustand einer Schweinepsyche nicht übermäßig viel zu wissen. Das Auftauchen des Schweines weckte in mir zunächst jenes oberflächliche Gefühl der Heiterkeit, das kuriose Situationen, Witze oder Späßchen in uns hervorrufen.

Ich verlangsamte die Fahrt. Amüsiert betrachtete ich das Schwein, also ohne echte Beteiligung, und gerade wollte ich davonbrausen, als sich der Schweinekopf wendete. Zwei sprichwörtlich kleine Schweinsäuglein musterten mich aufmerksam, und da war es um meine Gemütsruhe geschehen. Armes Schwein, dachte ich, bist irgendwo ausgerückt und trottest nun so lange diese Straße entlang, bis dich ein Kraftwagen überfährt oder ein gewiefter Bursche Leberwürste aus dir macht.

Immer, wenn wir eine Kreatur in ungewöhnlichen Situationen beobachten, sind wir eher zum Mitleid geneigt als zur Bewunderung. Das macht: Jedes Mitleid ist ein kleiner Genuss, jede Bewunderung eine kleine Niederlage.

Ich stoppte das Auto. Keine Menschenseele weit und breit, nur das Schwein. Es stand und schaute mich vertraulich an, und ich fühlte mich in die Rolle eines Auserwählten versetzt, denn ich konnte mir einfach nicht vorstellen, dass dieses Wesen mit anderen Vorüberfahrenden genau so viele Umstände machen würde. Erwartete es irgendetwas von mir? Irgend eine Art Hilfe? Oder war es ein elementares schweinisches Kommunikationsbedürfnis, mit dem sich das Schwein an mich wandte? Immerhin hört man von klugen Hunden und intelligenten Affen – warum sollte es immer nur dumme Schweine geben?

Die Situation erforderte Handlung. Ich war mir nicht sehr klar, welcher Art Tätigkeit hier am Platze war und verließ mein Fahrzeug. Hurtig setzte sich das Schwein in Bewegung, so, als hätte es keinen Augenblick stummer Zwiesprache zwischen uns gegeben. Das ärgerte mich stark. Der davon wackelnde Schinken wuchs zum Symbol für enttäuschtes Vertrauen und ließ mich auf Rache sinnen. Irgend ein Urinstinkt, so ein Rest animalischer Jagdleidenschaft erwachte und aktivierte meinen bis dahin in völliger Passivität verharrenden Körper. Bislang hatte nur die Begegnung einer Menschen- mit einer Schweinepsyche stattgefunden. Nunmehr stand ein Messen der physischen Kräfte bevor.

Ich fühlte mich zu einem furchtbar gefährlichen Jäger heranreifen. Völlig im Unklaren darüber, wie ein Schwein einzufangen, wie es festzuhalten und was mit ihm weiterhin zu geschehen sei, vergrößerte sich meine Lust, es dem Schwein zu zeigen. Welch überwältigendes Gefühl verschafft uns der Augenblick, in dem unser animalisches Ich ein Vorhaben gegen sämtliche Instanzen der Vernunft durchsetzt! Von diesem Moment an gilt der Mensch für die Beobachter als verrückt, so dass er in der Regel auf dieses ungeheuer belebende Gefühl des Verrücktseins verzichtet.

Ich verzichtete nicht. Mit blitzendem Auge erfasste ich den Zielpunkt meiner weiteren Unternehmungen-das wippende Ringelschwänzchen. Das Schwein war erneut stehengeblieben. Zwanzig Schritt entfernt stand ich reglos. Mir deuchte, es wären im Grunde nur diese zwanzig Schritte zurückzulegen, um das Tier zu ergreifen. Doch dieser Gedanke führte, wie sich zeigen sollte, zu einem Irrtum. Er musste zu einem Irrtum führen, da es sich um einen rein logischen Gedanken handelte, um ein Gebilde also, das die bestehende Situation – ein stillstehendes Schwein – zur Prämisse weiterer Folgerungen nahm und keinerlei Zufälligkeiten oder gar Emotionen in Betracht zog – weder meine, geschweige denn Schweineemotionen.

Mein Entschluss stand fest, blieben nur die wenigen Schritte. Das Schwein grunzte vergnügt, wie mir schien, und für einen Moment glaubte ich sogar, es habe mir vertraulich zugeblinkert. Diese Geste des neuerlichen Vertrauens wollte ich zur Ergreifung des Tieres nutzen, so, wie wir uns überhaupt angewöhnt haben, Vertrauen für irgend einen Nutzen zu missbrauchen. Ich setzte den ersten der erwähnten zwanzig Schritte und – das Tier stob im Schweinsgalopp davon.

Aus dem ruhenden Ziel war ein bewegliches geworden. Der Unterschied leuchtet ohne nähere Erläuterung ein, und dennoch weiß ich ihn nicht in Worte zu fassen. Bei Gelegenheit werde ich darüber nachsinnen und nötigenfalls eine Theorie vom veränderlichen Ziele entwickeln oder, noch besser, eine neue Wissenschaft begründen.

Mir schwebt eine Zielwissenschaft vor, deren Gegenstand das Zielerische in seinen ständigen Metamorphosen ist, so dass endlich die prinzipielle Unerreichbarkeit von heute formulierten Zielen bewiesen werden könnte. Doch zuvor muss ich das Schwein fangen – ohne Theorie.

Nach den ersten hundert Schritten meiner Verfolgungsjagd bemerkte ich eine qualitative Veränderung meiner Atemfrequenz, genauer: Ich japste nach Luft. Zum Glück erbarmte sich das Schwein, verringerte sein Tempo, um schließlich stehenzubleiben und zu sehen, wo ich bleibe. War das Mitleid, dieses untauglichste aller Gefühle, ursprünglich auf meiner Seite, schien es nunmehr aus der stolzen Haltung des Schweines zu sprechen. Armer Mensch, mochte es denken, bist aus der wohlgeordneten Menschengemeinschaft ausgebrochen und jagst mit Eifer einem unwürdigen Gegenstande nach. Sei froh, dass ich ein Schwein bin – auslachen würde ich dich sonst.

Ich, das Objekt des Schweinemitleides, reagierte wie alle Objekte dieses egoistischen Pseudogefühls und versuchte mich aus dieser unwürdigen Rolle zu befreien. Blitzartig verstärkte ich die Intensitäten meiner Bemühungen und verlieh meinem Lauf derartig expressive Elemente, dass dem Schweine ob des unerwarteten Angriffes der Schock in die Glieder fuhr. Unfähig, auch nur einen Schritt zu tun, starrte es mir entgegen. Frohlockend sah ich mich dem Ziele meiner Bemühungen näherkommen. Es war – im Wortsinne – in greifbare Nähe gerückt, und der Stolz darüber schwelgte in mir wie damals, als ich nach hartem geistigen Ringen das Abzeichen „Für gutes Wissen" erhalten sollte, aber wie damals freute ich mich eine Sekunde zu früh. Denn so, wie einst die blechernen Wissensanzeiger für die Masse der Gut-Wissenden nicht in aus-

reichender Menge vorrätig waren, genau so tief enttäuscht musste ich zusehen, wie das Schwein just im
Moment meines geplanten Zupackens zu einer List griff.
Ich stand wie ein Torwart beim Fußballspiel, die Arme
hängend, die Beine gespreizt, voller Konzentration, doch
genau wie ein Torwart, dem der Ball durch die Beine
kullert, stand ich nun, als mir das Schwein, unerwar-
tet die Fluchtrichtung ändernd, durch eben diese ge-
spreizten Beine entwischte.

Gedemütigt, geschlagen, voll innerer Bitternis und aller physischen Kräfte beraubt – in solchem Zustand liegt
der Gedanke des Aufgebens nahe. Keiner erwartet Rechen-
schaft, dachte ich, gesteh es nur: Deine Kraft und dein
Vermögen reichen nicht für den Sieg über ein Schwein,
lass es sausen.

In diesem Moment tiefster Resignation – wer besitzt
schon die Gabe, seine Niederlagen heiter hinzunehmen? –
bewirkte ein bislang außer acht gelassener Umstand den
neuerlichen, entschlosseneren Vorsatz, die Jagd fortzu-
setzen. Von mir unbemerkt hatte sich ein Steppke genä-
hert. Seine Beobachtungen gipfelten in dem mit unver-
hohlener Schadenfreude ausgerufenen Satz: „Kriegste ja
doch nicht!" Ich handelte also vor Publikum. Immer än-
dern sich unsere inneren Prozesse, wenn wir in das Kraftfeld einer fremden Psyche geraten, und auch meine Ver-
fassung änderte sich augenblicklich, da ich über einen
neuen Kraftquell verfügte: die Eitelkeit. Aber da war noch
etwas. Sind nicht die Aufträge, die wir uns selber geben,
am hartnäckigsten, zähesten? Fremdes Anliegen schüt-
teln wir viel leichter ab, notfalls mit einer Lüge. Ich bin
immer für mich erreichbar, das ist mein Vorteil. Ich kann
mir nicht entfliehen, das ist mein Nachteil.

Der bisherige Schauplatz des Geschehens wandel-
te sich, als das Schwein von der abgelegenen Land-
straße auf eine weitaus belebtere Fahrbahn abbog und,

sicher in Unkenntnis der geografischen Verhältnisse, direkt Kurs auf die Stadt nahm. Der gemäßigte Schritt des Tieres gab mir Gelegenheit, meinen Pulsschlag zu ordnen und eine Taktik meines weiteren Vorgehens zu entwerfen. Ich war zu der Überzeugung gelangt, dass eine weitere Zunahme meiner physischen Intensitäten reine Verschwendung von Energie wäre und nur ein neues Prinzip, eine überraschende Idee den Erfolg der Jagd noch sichern könnte.

Das Publikum nahm zu. Man sah verblüfft grinsend dem Schweine nach und versuchte mich, der da so entschlossen hinterdrein schritt, in irgend einen logischen Zusammenhang zu stellen. „Das ist dressiert", hörte ich. „Komischer Schweinehirt", girrten zwei Gänschen. „Der treibt sein Schwein zu Markte", kommentierte eine Frau in Richtung ihres Mannes. „Schweine gehören an die Leine", grölte ein besoffener Radfahrer. Der beschlipste Gentleman einer großräumigen Limousine sah die Sache praktischer. Seine Trinkgeldstimme orgelte aus dem herabgelassenen Wagenfenster: „Wieviel?"

Einen Augenblick war mir nach einem naheliegenden Spaß zumute: Bitte, einen Hunderter, und sie können es einpacken. Eigenhändig. Aber da regte sich mein Stolz. Er ließ nicht zu, dass der Gegenstand meiner ernsthaften Jagd plötzlich zum Gegenstand plattesten Juxes werden sollte. Gewiss, ich würde das Schwein fangen, aber nicht unter entehrenden Umständen. Mir war eine Überzeugung zugeflossen, die ausgereicht hätte, einen Propheten auszustatten, und diese Überzeugung vom glücklichen Ausgang meiner Schweineangelegenheit prägte sich so tief in mir ein, verästelte sich in derart konkrete Details, dass ich alle künftige Handlung so klar im Bilde sah, als wäre sie bereits geschehen.

Blieb noch die Ausführung. Während das Schwein ahnungslos dahintrabte, setzte ich meine Vorstellung in

Tätigkeit um. Eine unübersichtliche Parkanlage am Stadtrand kam mir dabei sehr gelegen.

Unbemerkt überholte ich das Schwein und legte mich auf die Lauer. Alle überflüssige Emotion war aus mir gewichen. Mit gelassener Konzentration erwartete ich das Tier, packte zu und hob es, an den Hinterbeinen haltend, in die Höhe.

Gewiss, es war kein übermäßig großes Schwein, eher ein Ferkel, aber sein Quieken hatte eine Qualität, die mir breiten Zulauf sicherte. Selbstsicher, ja würdevoll hielt ich das quiekende Ferkel, wie ein stolzer Angler seinen Hecht des Jahres präsentiert, und um mich herum versammelte sich eine beträchtliche Menschenmenge.

„Das arme Schwein", hörte ich. Da war es wieder, dieses dümmliche Mitfühlen, das spätestens beim Verzehr eines Schweineschnitzels verstummt. Indessen ließen meine Armkräfte merklich nach. Wohin mit dem Schwein? Ich konnte nicht einfach den Autobus besteigen und zum Fundbüro fahren.

Ein Kriminalkommissar, ein alter Fuchs, der den wohl berühmtesten Räuber aller Zeiten, den Schinderhannes zur Strecke brachte, teilte das Räuberleben in drei Abschnitte: Im ersten plant der Räuber seinen Raub und führt ihn aus. Im zweiten genießt er die Früchte seiner Anstrengungen, um schließlich im dritten Abschnitt dafür zu büßen. Vorhaben, Genuss und Buße – lässt sich nicht jegliche nur auf Leidenschaft gegründete Handlung auf diesen Nenner bringen?

Ich sah mich im zweiten Abschnitt meiner leidenschaftlichen Jagdunternehmung, genoss also die moralischen Früchte meines wackeren Handelns und fühlte mich ganz als edler Held: Hatte ich nicht wieder ein winziges Stückchen Ordnung auf dieser Welt hergestellt? Hatte ich nicht mit höchstem Einsatz ein

Schwein von der Straße geholt, das da nicht hingehört? Hatte ich nicht gleichzeitig einer harmlosen Kreatur das Leben gerettet?

Doch der dritte Abschnitt sollte nicht lange auf sich warten lassen. Gemeinhin besteht er heutigentages darin, dass sich der genießende Mensch mehr und mehr selbst einsperrt im engen Kreise seiner ewig gleichen Bedürfnisse und er sich damit von der tätigen Menschengemeinschaft isoliert – es braucht keinen Kerker mehr für ihn.

Anders in meinem Falle. Während das Hochgefühl des Genusses langsam zu welken begann – das zappelnde Schwein zehrte ungebührlich an meinen bescheidenen Kräften – näherte sich das Verhängnis. Lautes Motorengebell übertönte die Szene, selbst das Schwein beruhigte sich für einen Moment, und von dem heranbrausenden Motorrade sprangen zwei entschlossene Blaukittel. Mit finsteren Mienen drängten sie zu mir, „aha" der eine, „na also" der andere murmelnd. Die Sachlage schien klar. Sie hielten mich für einen Dieb, für einen Schädiger von irgendwelchem Eigentum, der mit seiner Beute prahlt und jetzt dafür zu büßen hatte. Die Männer waren fest entschlossen, jedoch fehlte ihnen eine genauere Vorstellung davon, wozu sie denn entschlossen seien.

„Gib das Schwein raus", knurrte der eine. Diese Forderung war stark, enthielt sie doch eine Unterstellung, eine Beleidigung, eine Drohung, ja, sie stellte eine öffentliche Diffamierung dar, und nur meine moralische Reinheit bewahrte mich vor einem Rechtfertigungsversuch. Da hier mit moralischen Argumenten ohnehin nichts zu gewinnen war, besann ich mich auf die Wirkungen juristischer Dreistigkeit, die schon so manchen Lausbuben vor dem Galgen bewahrt hatte, und entgegnete keck: „Das Schwein? – Nur gegen Finderlohn."

Ein Raunen ging durch die Menge, die Stimmung schlug um. Ich wunderte mich sehr, weshalb gerade in diesem Moment mein Geist gegenwärtig war – wo mir das Fehlen gerade jener Eigenschaft namens Geistesgegenwart schon so manchen schmerzlichen Augenblick bereitet hat. Ich denke nur an die Liebe, die bei Abwesenheit des Geistes keinen Anfang nehmen will und die geistesabwesend endet. Nun also: Ich freute mich meiner   gezeigten Reaktion, um so mehr, da sie Wirkung hervorbrachte.

Die Blaukittel stutzten, kamen näher und setzten zu unmissverständlichen Handlungen an. „Da habt ihr das Schwein", sagte ich großmütig und setzte das Tier zur Erde nieder. Natürlich entfloh es erneut.

Die Männer standen vor einer Wahl: Entweder den Dieb ergreifen und das Schwein sausen lassen oder umgekehrt. Gewiss, jede Wahl ist eine kleine Tragödie und ich beneidete die Männer nicht um ihre Lage. Doch merkwürdigerweise erwuchs ihnen keinerlei Gewissenskonflikt. Spontan, wenn auch fluchend, setzten sie dem Schweine nach und ließen also die Moral sausen. Ohne Zweifel – die Männer wussten Prioritäten zu setzen. Ich registrierte, dass ihre Erfahrungen beim Schweinefang nicht annähernd an meine heranreichten. Ein Erfolg setzte also einen ähnlich langen Lernprozess voraus, wie ich ihn bereits hinter mir hatte.

Die Jagd entfernte sich, die Menschen gingen auseinander. Allmählich tauchte die Straße in die harmlose Stille eines Sommertages zurück. Langsam ging ich die Straße hinunter. Leicht war mir und irgendwie froh.

Und dann dachte ich: Mann müsste öfter einem Schwein begegnen.

Freundlich und beflissen

Die Wolldecke, Hans, du erkältest dich so leicht.

Hans (im Dämmerschlaf):
Sie ist freundlich und beflissen – wie damals, ganz am Anfang. Am Anfang sind alle freundlich und beflissen und bringen sich fast um vor lauter Entgegenkommen. Am Anfang, in der Kindheit, im Beruf, in der Liebe nimmt jede Sache ihren Fortgang, irgendeinen, und erst dann, wenn du sie zu Ende bringen willst, wenn nichts mehr richtig zusammenpasst, wenn die einzelnen Stücke aussehen wie sieben verlorene einzelne Schuhe, wie sieben Schwiegermütter zu einem einzigen Schwiegersohn, wie sieben Philosophen, die in sieben unverständlichen Sprachen eine einzige Welt erklären wollen – erst dann findest du dich mutterseelenallein. Erst dann musst du dich mit deiner eigenen kleinen Schlauheit behelfen, erst dann – vielleicht - bemerkst du die Ungeübtheit deines Denkmuskels, deiner Emotionen und versuchst es auf eine andere Tour, erst dann wirst du ironisch, bitter, anmaßend, auffahrend, hinterhältig, scheinheilig, honigsüß, fleißig, und erst dann, wenn sich noch immer kein versöhnliches Ende finden lässt, wenn die sieben Schuhe weder den sieben Schwiegermüttern noch den sieben Philosophen passen wollen, dann erst greifst du zum letzten Mittel – zur Gewalt.

Dann erst pfeifst du auf das Gejammer der Schwiegermütter und der Philosophen, und du presst erbarmungslos die sieben adrigen hühneraugigen gelben Füße der Schwiegermütter zusammen mit den sieben runzligen geschwollenen schweißigen Sprachen der Philosophen in die sieben verlorenen einzelnen Schuhe und sprichst den brutalsten aller Sätze:
Ich lege fest, ich befehle, ich definiere.
Und plötzlich sind alle wieder freundlich und beflissen und bringen sich fast um vor lauter Entgegenkommen, denn du hast da etwas Unpassendes zusammengebracht, ein zwar wunderliches lächerliches System aus Schwiegermüttern, alten Latschen und Philosophen, aber es ist immerhin ein harmonisches Ganzes, ein zusammenhängender Besitz, ein gedankenlos wegzutragendes Erbe, das kein Nach-Denken erfordert sondern lediglich Bewunderung. Ein solch rein durch Willkür geschaffenes Konstrukt entwickelt die Aura eines Kunstwerkes oder eines Heiligtums, denn es lässt sich durch Hinzufügung nicht verbessern – es ist endgültig wie die Bibel, die Relativitätstheorie oder die Lehre vom Urknall.
Und so lächelt man nachsichtig und geduldig, denn lange kann es nicht mehr dauern mit dir. Du hast die Illusion einer endgültigen Lösung für ein Problem propagiert. Man bewundert dich dafür. Mehr geht nicht. Jetzt bist du am Ende.
Was lernst du daraus? Wenn alle Leute freundlich und beflissen sind, so wende alle Kraft und allen Scharfsinn auf um herauszukriegen: Bist du am Anfang von etwas oder ganz, ganz am Ende.

Was murmelst du da für wirres Zeug? Fieberst du? Ist das der Anfang einer Erkältung? Die Wolldecke, Hans, ist heruntergerutscht. Ich mach dir einen Tee.

Der ganz große Trick

Der letzte Zug war weg. Blieb nur die verräucherte Bahnhofsgaststätte. Ich schaute mich in dem kahlen hohen Raum nach einem halbwegs sauberen Tisch um, ohne schlüssig zu sein, ob ich allein oder in Gesellschaft bleiben wollte. Bis zum Frühzug waren es noch knapp vier Stunden. Schließlich setzte ich mich zu einem schläfrig wirkenden Manne, der, in der rechten Hand das Bierglas haltend, sich immer wieder hoch aufrichtete, einen Schluck nahm, dann aber müde in sich zusammensackte und einzuschlafen drohte. Er trug eine schwarze Lederjacke nach der neuesten Mode, das Sporthemd darunter zeigte schmuddelige Kragenecken.

Ich nahm Platz und bestellte Bier. Kaffee oder Saft, bellte der Kellner. Kaffee, sagte ich, obwohl mir gar nicht danach war. Der Mann am Tisch musterte mich kurz, und als sich unsere Blicke begegneten, rätselte ich: Ist er übermüdet oder besoffen? Vielleicht beides. Plötzlich sagte er: Polizeistunde, gibt kein Bier. Und es klang, als müsste er sich selbst diese schlimme Wahrheit klarmachen.

Ich nickte und ärgerte mich bereits. Der Nachbartisch wurde frei, und ich erwog, den Platz zu wechseln. Doch der Mann sagte nichts mehr. Ich beobachtete ihn eine Weile. Sein Gesicht machte einen verwegenen Eindruck, und das vorspringende Kinn verriet

Energie. Sein pechschwarzes volles Haar und die buschigen Augenbrauen verstärkten den Eindruck von Verwegenheit. Nur die hängende Unterlippe und die müden Augen, überhaupt die ganze lasche Haltung, wollten nicht zu seinem sonstigen Äußeren passen. Endlich brachte der Kellner den Kaffee. Der Mann richtete sich auf und rief: Mir auch einen, bitte.

Hatte er die ersten Worte sehr forsch, fast herrisch herausgebracht, dämpfte er beim letzten die Stimme, so, als müsste er sich entschuldigen. Sein „bitte" klang fast kläglich, jämmerlich, er war wieder in sich zusammengerutscht, doch betrunken war er nicht, das erkannte ich an seinem Blick.

In diesem Moment näherte sich unserem Tisch ein gut gekleideter Herr in mittleren Jahren. Er wandte sich mit der Frage nach zwei Plätzen an mich, und ich nickte zustimmend. Darauf drehte er sich zum Eingang hin und winkte. Eine elegante Frau erschien , und beide setzten sich mir direkt gegenüber.

Der Mann mit der Lederjacke verzog angewidert das Gesicht, offensichtlich störte ihn diese Art Gesellschaft, zumal von der Frau ein aufdringlicher Parfümgeruch ausging. Diese Frau hatte sich ohne Umstände niedergesetzt, die Beine übereinandergeschlagen und eine Zigarette aus dem Handtäschchen gekramt. Geflissentlich reichte der Herr ihr das Feuerzeug, und alles erweckte den Eindruck des Eingespieltseins, des unbeschwerten Dahinlebens, in dem es keinerlei ernsthafte Konflikte geben könne.

Beide trugen auffallend breite Eheringe. Die Frau fragte selbstsicher nach einer Menge Nebensächlichkeiten, Fragen, die sie sich gewiss selbst beantworten konnte, doch schien ihr an einer Unterhaltung zu liegen. Der Herr bemühte sich um einen aufgeräumten, scherzhaften Ton, doch allmählich antwortete er einsilbiger, offenbar wurde er müde. Die Frau jedoch ließ nicht locker. Sie fragte nach dem Hund, was der Tierarzt noch gesagt habe (offensichtlich hatte der Mann zu diesem Thema bereits ausführlich Auskunft gegeben), was er von Tante Ida halte, und warum er ihr nicht traue in jener Angelegenheit.

Diesem Gespräch war nichts zu entnehmen, gar nichts, weil es nichts enthielt. Es war reine Repräsentation, und ich wollte wetten, dass die beiden ohne unsere Anwesenheit kein Wort gesprochen hätten.

Nach einer halben Stunde erhoben sich die beiden, verabschiedeten sich und gingen hinaus. Ich schaute grinsend zu meinem Tischnachbarn, in Erwartung einer Geste, die mich in meiner abfälligen Ansicht über das seltsame Pärchen bestätigte. Doch der Mann verzog keine Miene. Er sah mich kalt an und fragte: Weshalb grinsen Sie? Reden Sie mit Ihrer Frau gescheiter?

Verblüfft, mit halboffenen Munde starrte ich ihn an. Das hatte ich nicht erwartet, und meine joviale Geste reute mich sofort. Ich fühlte mich ertappt. Ja, ich hatte auf Kosten des Paares gegrinst, ohne mir einzugestehen, dass meine Unterhaltungen mit Verena auch nicht immer das sind, was man geistvoll nennt und auf Außenstehende genauso lächerlich wirken mussten.

Der Mann lehnte sich zurück. Es war weder Triumph noch sonst eine Regung in seinem Gesicht, und mein Ärger verwandelte sich in Neugier. Sie scheinen im Umgang mit Frauen größere Erfahrungen zu haben, versuchte ich ihn zu provozieren. Ich sah ihn dabei fest an und bemerkte, dass sein linkes Augenlied unaufhörlich flatterte.

Ihm schien das peinlich, und er löste seinen Blick unter dem Vorwand, eine Zigarette anzustecken. Er gehörte zu jenen Leuten, denen Worte nicht so schnell etwas anhaben können, denen jedoch ein geringer körperlicher Mangel überaus peinlich ist.

Die Zigarette brannte endlich, und noch schien er zu überlegen, ob er auf meine Provokation eingehen sollte oder nicht. Er stieß den Rauch aus, sah mich an und sagte versonnen: Meine Erfahrungen mit Frauen ... Wie das klingt!

Wieder legte er eine Pause ein, vielleicht in Erwartung einer Frage, doch ich wollte ihn nicht unterbrechen, und so fuhr er mit veränderter Stimme fort:

Hören Sie junger Mann, ich quatsche nicht gern über mein Privatleben, hab das nie gemocht, aber heute habe ich Lust zum Reden. Ich weiß selbst nicht warum, kann es nicht erklären, vielleicht einfach deshalb, weil Sie Zeit zum Zuhören haben. Mir hat selten einer zugehört. Bei welcher Gelegenheit auch? Die Kollegen Artisten – nee, immer in Eile, zwischen den Auftritten ein paar belanglose Schwätzchen – nichts, was wirklich interessiert.

Sie haben richtig gehört – Artisten, ja, ich rechne dazu, obwohl ich nur ein kleiner Zauberkünstler bin.

Meine Frau? Ich hatte drei, die letzte vor zwei Jahren. Nun machen Sie den Mund zu, das kapieren Sie nicht, natürlich. Wie sollten Sie auch: Sie haben ihre Arbeit, ihre Wohnung, Frau und Kind – vielleicht auch zwei oder drei – sind jeden Tag pünktlich zu Hause, jede Verspätung registriert Ihre Frau ärgerlich, also sind Sie pünktlich, ganz gewiss – Sie brauchen sich nicht zu rechtfertigen, das ist bei Tausenden so – schalten pünktlich den Fernseher ein, schlafen pünktlich davor ein und gehen bei Sendeschluss brav ins Körbchen. Hab ich recht? Sie brauchen nicht zu antworten, es ist so. Und wenn Sie die Nase voll haben, gehen Sie bestenfalls einen heben, und die Sache ist ausgestanden. Geben Sie es zu oder nicht: Ihr Leben rollt ab wie ein Fernsehfilm – langweilig, voraussehbar, morgen vergessen. Und seltsam: Gerade danach sehne ich mich. Warum?

Weil bei mir alles anders herum lief: Ständig auf Tournee, abends kaum zu Hause, schon gar nicht am Wochenende. Und immer diese verfluchten Gelegenheiten. Hand aufs Herz. Wie weit würde denn Ihre Moral reichen, wenn Ihnen so ein hübsches Ballettsternchen über den Weg läuft, Sie anhimmelt und Ihre männliche Eitelkeit provoziert? Natürlich, solche Frage ist unfair. Sie waren noch niemals in solcher Situation, werden wohl niemals da hineingeraten, wenn Sie nicht gerade eine Kur verpasst kriegen oder eine Dienstreise oder noch was Schlimmeres. Ich will mich nicht reinwaschen, ganz und gar nicht. Schuld an meinen vertrackten Angelegenheiten mag auch mein wechselnder Ehrgeiz sein: Mal zu viel, mal zu wenig. Manchmal denke ich: Jedermann verspottet den Geizigen und jedermann macht sich über den Ehrsüchtigen lustig. Seltsam, weshalb die Verbindung beider Eigenschaften etwas Positives sein soll.

Aber ich schweife ab. Ich sagte bereits, ich bin Artist, Zauberkünstler. Nun, das ist nichts Besonderes, aber ich hatte anfangs den Ehrgeiz, etwas Besonderes zu sein in meinem Beruf, ich wollte Tricks erfinden, die die Welt noch nicht gesehen, wollte verblüffen – das Publikum und natürlich die Fachwelt. Den ganz großen Trick wollte ich.

Vielleicht will das jeder, irgendwann einmal, und irgendwann verliert sich dieser Wunsch in den Angelegenheiten des Alltags. Und selbst wenn dieses Besondere gelingt – was ist die Folge? Nehmen wir an, Sie sind Schaffner bei der Eisenbahn und Ihnen macht die Arbeit Spaß, und Sie erfinden nun das Besondere, tun sich hervor in Ihrem Beruf. Was geschieht?

Man befördert Sie. Und wo landen Sie? In einem Büro, wo die Arbeit, gelinde gesagt, den halben Spaß macht. Aber natürlich, Sie sind kein Schaffner, Sie sind vielleicht Schulmeister und erproben neueste Unterrichtsmethoden. Es kommt aufs gleiche raus: Ihre Beförderung ins Schulamt oder gar ins Ministerium bedeutet Abstieg – vorausgesetzt, Sie lieben Ihren Beruf und nicht den guten Posten. Die Schwierigkeit besteht darin, etwas Besonderes zu tun, ohne es als etwas Besonderes zu empfinden.

All die Jahre, seit der Zeit im Stahlwerk, wo ich meine Lehre als Ofenbauer machte, schwirrte mir der ganz große Trick im Kopf herum. Tagsüber kroch ich in die heißen Öfen und klopfte die ausgeglühte Schamotte heraus, abends übte ich das Zaubern. Den ersten Trick zeigte ich Kumpeln im Wohnheim. Man nimmt eine Münze, sehen Sie, so, reibt sie am linken Unterarm – hoppla, da ist sie noch – reibt sie also und erzählt etwas dabei. Ein bisschen Hokuspokus – weg ist die Münze. Nein, im Ärmel steckt sie nicht, auch runtergefallen ist sie nicht. Wenn Sie Ihren entgeisterten Blick sehen könnten, junger Mann, ja, so gaffen sie alle, ganz besonders die Intelligenzler. So paradox es klingen mag, aber die sogenannten „schlauen Leute" lassen sich am leichtesten täuschen. Sie sehen etwas, und sofort ergänzen sie das Bruchstück zu einem logischen Ganzen. Und darauf baut jeder Trick. Das Publikum soll ergänzen, und wehe, es tut mir nicht den Gefallen. Dann bin ich durchschaut: Kinder durchschauen am leichtesten. Weil sie keine Theoretiker sind.

Sie möchten wissen, wie ...? Alle möchten das, natürlich, aber da muss ich Sie enttäuschen: Ich verrate keinen Trick, keinen einzigen und nicht einmal den kleinsten, mit dem ich meine Laufbahn begann. Sie würden mich sofort verachten, junger Mann, weil Sie mich derart primitiven Betruges nicht für fähig hielten.

Das Geheimnis ist das Brot der Köche, Zauberer, Kaufleute, Hütchenspieler, Wählerfänger, Krimischreiber – Trickser aller Art – , und sie alle sind darauf bedacht, die Einfalt ihres Publikums nach Kräften zu befördern. Sie wären über meine Enthüllung so enttäuscht, dass Sie vor Ärger, es nicht selbst bemerkt zu haben, keine Minute länger zuhörten. So aber ist die Geringschätzung auf meiner Seite: Er hat es nicht bemerkt, er sitzt einen Meter von mir entfernt, begafft mich bei vollstem Bewusstsein und vermag solch simplen Vorgang nicht zu durchschauen. Ich gestehe mein Gefühl der Überlegenheit in solchen Augenblicken, und ich ängstige mich zur gleichen Zeit, weil ich sehe, wie leicht die Menschen zu täuschen sind. Da gibt es einen gewaltigen Zauberer, den Zauberkünstler Natur, und ich halte mir vor Augen, aus welchen oberflächlichen Beobachtungen die Menschen zuweilen ihre Theorien entwickeln: Rotverschobenes Sternenlicht wird als Ausdehnung des Kosmos interpretiert und folgerichtig muss es ein Schöpfungsereignis gegeben haben. Einen kleinen Gedanken lässt man schon mal im Stich, eine Theorie, zumal ein ganzes Weltbild, nicht. Vielleicht liegt hier der Grund, warum kleine Gedanken immer häufiger für große Theorien herhalten müssen.

Übrigens, auch die ganz großen Tricks vertrauen auf die Lust des Menschen, einen Gedanken in der begonnenen Richtung zu Ende zu denken. Nehmen wir die zersägte Jungfrau. Meine erste Frau zersägte ich viele Male. Doch selbst mir, der ich den Trick genau kannte und sehr exakt einstudiert hatte, schauderte es immer von Neuem, wenn die Säge durch das Holz raspelte und sich Zentimeter für Zentimeter dem Körper meiner Frau näherte. Ich hielt mich selbst für ein Untier, eine Bestie, denn wenngleich ich eine wahrhaftige Teilung nicht vorhatte, täuschte ich sie doch vor, und immer fragwürdiger schien mir meine Kunst, die vorgab, ein schauderhaftes Gräuel anzurichten, weil mir klar wurde: In den Phantasien tausender Zuschauer spielt sich das Nichtvorhandene dennoch ab.

Ich griff immer seltener zur Säge, und der Trick fiel gänzlich aus meinem Programm, als mir meine erste Frau davonlief. Sie mögen es lächerlich finden, und ich selbst finde es lächerlich, aber der wahre Grund ihrer Flucht vor mir lag in der unwürdigen Sägerei.

Stellen Sie sich ihre Lage vor! Die Frau liegt eingesperrt in einer Holzkiste, nur Kopf und Füße schauen heraus – eine unbequeme Lage, ganz gewiss – und dann nähere ich mich, der leibliche Ehemann, sie ist mir völlig ausgeliefert, lächle sie an, hebe die Säge und rattere los. Genug davon, mir wird übel, wenn ich daran denke.

Reden wir von dem ganz großen Trick. Schon damals, als ich diesen lumpigen Münzentrick zeigte, dachte ich: Solch billige Sache muss doch einer durchschauen! Und insgeheim sann ich auf unerhörte Sensationen. Ich schmiedete Pläne, billige Absichtserklärungen, die mich berauschten und erst spät zu nüchterner Wachheit führten. So einfach, wie ich mir die Zauberei anfangs vorstellte, war sie nicht. Ich benötigte teure Spezialgeräte, die meine Lehrlingsgroschen aufzehrten, und nur mühsam gelang die Erschließung neuer Quellen: Auftrittshonorare.

Von nun an setzte ein seltsamer Prozess ein. In dem Maße, da man mich zu Hochzeiten, Betriebsfesten, Rentnervergnügen usw. einlud, stärkte sich mein Selbstvertrauen. War ich vorher eher gehemmt und zurückhaltend, glaubte ich nun ein unentbehrliches Stückchen

Biomasse zu sein. Ich wartete nicht mehr auf gelegentliche Einladungen, sondern kümmerte mich selbst um mein Publikum. Ich zauberte mit Hingabe, bereiste immer entferntere Orte, kroch immer seltener in die heißen Öfen, schmiss endlich, als das Geld reichte, die Ofensetzerei gänzlich hin und wurde freischaffender Zauberkünstler. Mein Programm umfasste Tricks der mittleren Preislage, aber der ganz große Trick, der würde noch kommen, später, wenn ich ein bisschen verdient habe. So dachte ich. Kennen Sie das Gefühl, junger Mann, wenn einem das Leben durch die Finger rinnt? Wenn man die besten Pläne hat, das beste Wollen, sogar die besten Voraussetzungen – und dennoch nagt eine böse Unzufriedenheit von innen her?

Nach der Scheidung von meiner ersten Frau fühlte ich mich nicht einmal schlecht: Die Ehe war kaputt, das kann passieren, aber ich war noch jung. Mädchen gab es genug – was soll da langes Theater? Doch dieser Optimismus hatte bereits einen Knacks, war hochgeputscht in mir, unecht. Ich lernte Vera kennen und heiratete erneut.

Meine Zauberei erschöpfte sich mehr und mehr in Quantität. Der Ehrgeiz züngelte noch, aber es fehlte das Feuer der leidenschaftlichen Begierde, und genau genommen degenerierte ich zum wesenlosen Allerweltsmenschen. Den ganz großen Trick hatte ich nicht vergessen, im Gegenteil, er spukte noch immer in meinem Kopf, aber nicht mehr als ausschließliches, um jeden Preis zu erreichendes Ziel, eher als nostalgische Reliquie eines vergilbten, schwächlichen Wollens; als Reliquie, die man für heilig erklärt, ohne jegliche Handlung daran zu knüpfen.

Vera spürte meine zunehmende Genügsamkeit und begehrte dagegen auf. Sie besaß sehr feine Antennen für geringste Veränderungen in ihrer Umgebung. Kam ich von einer Tournee, und hatte ich wieder eine jener verfluchten

Gelegenheiten genutzt, so genügte ein Blick, und sie wusste Bescheid. Vera konnte stark hassen, weil sie stark lieben konnte. Diesen Hass verdiene ich nicht, dachte ich damals, und spielte den Gekränkten. Ja, tief gekränkt fühlte ich mich, wenn sie mir meine Fehltritte vorwarf – nicht weil sie Unrecht hatte, sondern weil ich nicht wahrhaben wollte, dass sie ohne jeglichen Indizien auskam. Wenn sie sich nun täuschte? Aber sie täuschte sich nicht. Selbst viele meiner Zaubertricks durchschaute sie mühelos, weil ihr jede theoretische Ader fehlte. Sie sah die Dinge einfach wie sie sind, ohne ästhetische Schnörkel, und sie konnte nicht begreifen, weshalb die Leute mir, einem berufsmäßigen Täuscher, auf den Leim kriechen.

Diesmal reichte ich die Scheidung ein. Ich fühlte mich beleidigt von ihr, bevormundet, missverstanden. Kurz – ich ertrug meine eigene Genügsamkeit nicht und warf ihr Maßlosigkeit vor. Ja, junger Mann, das sagt sich so leicht und überblickt sich alles so leicht – hinterher. Damals hatte mich der Gebrauch immer gleicher Gedanken in einen Dämmerzustand versetzt. Mein Hirn, so kommt es mir jetzt vor, lag regungslos unter der Schädeldecke, wie festgefroren, keiner lebendigen Regung fähig, und die einfachsten Überlegungen unterblieben.

Aber das Hauptübel lag woanders. Es lag darin, dass ich meine Aufmerksamkeit auf alles mögliche gerichtet hielt, auf den Beruf, auf meine Frau, nur auf eines nicht - auf mich. Ich atme, also bin ich, dachte ich, und verschwendete keinerlei Kraft darauf, mich kritisch mit mir selbst zu beschäftigen.

Für unangenehme Störeinflüsse gab es genügend Abwehrreaktionen: Beleidigtsein, laute Worte, Logik und weiß der Teufel, womit ich meine innere Ordnung sonst noch verteidigte. Nichts ließ ich so tief dringen, dass ich leiden musste oder gar an den Rand menschlichen Existierens geriet. Für alles fand ich Erklärungen, für jede Situation gab es Auswege, und selbst nach dem Scheitern meiner zweiten Ehe lebte ich ohne Skrupel weiter.

Sagen Sie selbst: Wozu? Um diesen lächerlichen ganz großen Trick doch noch herauszubringen? Hören Sie, dieses geradlinige Zu-Ende-Bringen eines in einer bestimmten Richtung begonnenen Lebens – ist das nicht derselbe verteufelte Mechanismus, auf den alle meine Zaubertricks bauen? War mir das berufsmäßige Täuschen bereits so ins Blut gedrungen, dass ich mich letztlich selbst betrog?

Und man kann nichts dagegen tun. Wenigstens nicht mit Vernunft. Nein, mit Vernunft am allerwenigsten. Wissen Sie, woran die Anatomen des Mittelalters ihre Studien trieben? An geklauten Leichen. Sie haben richtig gehört, an Toten, die man bei Nacht und Nebel auf dem Friedhof ausgrub. Und warum? Weil es der Öffentlichkeit unvernünftig erschien, am gestorbenen Menschen herumzuschnippeln. Heute sind wir aufgeklärt, aber unser Inneres verbarrikadieren wir noch immer, lassen uns keine Wunde zufügen, keine noch so kleine Schramme, umgeben die Seele mit immer festerer Hornhaut, die wir Cleverness nennen.

Aber was rede ich. Sie entnehmen meinen Worten sicher etwas ganz anderes, als ich sagen will. Ist auch egal. Denken Sie was Sie wollen, ich habe genug dazugelernt. Das Schlimme ist nur: Ich kann wenig anfangen damit.

Dabei habe ich es immer wieder versucht. Nach Vera ging ich ernsthaft mit mir ins Gericht, versuchte meinen Schuldanteil herauszufinden und tröstete mich am Ende damit, dass wir zu unterschiedliche Charaktere waren. Eine tiefgründige Erkenntnis, finden Sie nicht? So konstruierte ich meine dritte Frau nach den dürftigen Gesetzen der Logik: Sanft sollte sie sein, tolerant, mit Sinn für alles Schöne und Gute. Ich entwarf nichts weniger als ein Annoncenklischee, ein Gerüst aus beliebigen Eigenschaften also, das zwar meine Phantasie bis zu einem gewissen Grade ergänzte und mit Leben erfüllte, nicht aber eine wirkliche echte Regung in mir erzeugte. Ja, ich hatte eine solche feste Vorstellung von meiner künftigen Frau entwickelt, dass es äußerst schwer wurde, ein entsprechendes Exemplar aufzutreiben. Es mag zynisch klingen – aber genau so verhielt es sich. Ich machte mich regelrecht auf die Suche nach dieser Wunschfrau, so, wie ein Sammler einem bestimmten Exemplar zur Vervollständigung seiner Sammlung nachjagt.

Natürlich ging es schief. Immer zeigen sich die Dinge blasser als unsere Wunschvorstellungen von ihnen. Dabei besitzt jedes Ding unendlich viele Eigenschaften. Nur: Wir suchen diese nicht und begnügen uns gern mit Kitsch. Sylvia entsprach meinen Vorstellungen – am Anfang, ganz am Anfang. Sie schien mir sanft, tolerant und hatte tatsächlich Sinn für manches Schöne und Gute. Alle anderen Eigenschaften übersah ich an ihr, weil ich sie nicht suchte. Da mich nichts Wirkliches zu ihr getrieben hatte, geriet ich schnell in Harnisch, wenn sich Sylvia von meinem Vorstellungsklischee entfernte, oder besser, wenn sie andere als die von mir erwarteten Eigenschaften zeigte. Ich benötigte gewissermaßen nur einen Teil von ihr, während sie auf mich einen vollständigen Besitzanspruch erhob.

So simpel, wie die Vorwände für unsere Hochzeit, ebenso simpel waren die Scheidungsgründe. Kennen Sie den Trick, bei dem zwei Seile durch ein bisschen Hokuspokus miteinander verknotet werden? Ja? Sehen Sie, ähnlich werden zuweilen Ehen geknüpft. Nur für eine bestimmte Zeit, für ein bestimmtes Bedürfnis, für ein bestimmtes Publikum. Und dann, wieder mit Hokuspokus, verschwindet der Knoten, und die Seile hängen harmlos nebeneinander, als wäre nichts geschehen. Beileibe, ein gordischer Knoten ist das nicht, und schon gar kein Schwert ist vonnöten, um solchen Knoten durchzuhauen. Eben nur ein Trickknoten – ein Ruck, und er löst sich von selbst.

Genug jetzt, ich sehe, Sie langweilen sich. Innerlich machen Sie sich lustig über mich, ich weiß es. Sie werden Ihrer Frau davon erzählen und sagen: Da hat mir so ein runtergekommener Zauberkünstler aus seinem verpfuschten Leben erzählt. Amüsant, aber auf Dauer langweilig. Nun, junger Mann, machen Sie sich lustig, das ist Ihr Recht, und das ist mein Preis, damit ich reden darf. Offen gestanden: Ich mache mich auch ein wenig lustig über Sie, ihre Zufriedenheit belustigt mich. Nein, protestieren Sie nicht, ich weiß, was ich sage, und ich sage nur, was ich in Ihrem Gesicht sehe.

Warum sind Sie denn beleidigt? Sie können nichts dafür. Sie haben das Beste aus sich gemacht, leben in geordneten Verhältnissen, ganz gewiss, und Sie fragen natürlich nicht, was das ist: geordnet. Für Sie ist alles im Gleichgewicht, im festen, starren Gleichgewicht. Das Wasser floss schäumend den Berg hinunter, und da liegt es nun: Still ruht der See. Kein Fisch in dem trüben Gewässer, kein lebendiges Wesen darin, alles tot, nur ein Neugieriger hin und wieder, der an Nessie, das Seeungeheuer glaubt. Natürlich irrt der Neugierige. Wo sollte auch das Ungeheuerliche zwischen so viel Bravheit Platz finden?

Entschuldigen Sie, ich will Sie nicht beleidigen, aber es tut wohl, die eigenen Schwächen in anderen zu sehen, wenigstens für einen Moment. Streit? Aber nein, ich suche keinen Streit, schon gar nicht um die Eigenschaften eines Menschen. Sie sehen sich gewiss anders, freundlicher, vorteilhafter. Und Sie haben auf

Ihre Weise recht, wie ich auf meine Weise recht habe. Das ist wie bei dem Münzentrick: Jeder Zuschauer vermutet die verschwundene Münze an anderer Stelle – im Ärmel, in der Tasche – nur nicht dort, wo sie wirklich ist. Aber wo ist sie wirklich? Sie werden es nicht glauben, aber ich weiß es selbst nicht. Nein, ich lüge nicht, ich weiß lediglich, wo ich sie hinsteckte – danach entzieht sich die Münze jeder Kontrolle. Sie rutscht hierhin oder dahin – mehr kann ich nicht sagen. Warum erzähle ich Ihnen das alles? Sie nehmen ja doch keinen Anteil daran – Sie können keinen Anteil nehmen. Ich bin für Sie lediglich ein Sprachrohr, ein Gerät, aus dem einige Neuigkeiten tönen und das den Fernseher ersetzt hat. Sie haben sich gleich am Anfang meiner Rederei ein Bild von mir gemacht, eine Theorie gewissermaßen, für die Sie in jedem weiteren Satz eine Bestätigung suchten und fanden.

Fassen Sie es als eine Berufskrankheit von mir auf, wenn ich alles mit der Zauberei in Zusammenhang bringe, aber Sie gehören zum idealen Publikum eines jeden Illusionisten: Gebildet, konsequent, ein bisschen beschränkt, leicht begeisterungsfähig, ohne begeistert zu sein, interessiert an Zusammenhängen, aber unfähig, diese zu erkennen, jeder Illusion sentimental zugetan, aber ärgerlich bei ihrer Zerstörung.

Sie folgen brav den logischen Ketten, die der Illusionist vorprogrammierte, Sie erliegen jeder Suggestion, ohne das zu spüren, Sie kommen nicht hinter den kleinsten Trick, weil Sie leicht ablenkbar sind.

Und weil man Sie so problemlos täuschen kann, verpfuschen Sie mein Niveau. Wozu mach ich mir Gedanken um den ganz großen Trick, wenn Sie schon bei den kleinen mit den Augen rollen? Wo liegt für Sie der Unterschied zwischen dem Verschwinden einer Münze und dem Verschwinden eines Elefanten?

Nirgendwo, es ist beides für Sie rätselhaft. Und sollten Sie wirklich einen Trick durchschauen – warum schreien Sie nicht durch den Saal: Da, im Kragen ist die Münze verschwunden! Warum schreien Sie nicht? Warum sind Sie höflich? Wissen Sie nicht, dass ich auch Misserfolge brauche?

Sie schauen nach der Uhr, es ist Zeit. Vergessen Sie mein Gewäsch. Sie können nichts damit anfangen.
Herr Ober, zahlen! Ja, alles zusammen.

Quellen

Die Collagen sind aus Fotos des Autors und unter Verwendung von Archiv- bzw. Privatfotos entstanden. Dank an:
Herrn Ingmar Steffen in Burg (Spreewald) vom Foto-Studio Steffen für die Freigabe der Kahnuntergangsszenen (Titel, S. 9, S. 75) und „Brücke bei Hochwasser" (S. 61).
In der Collage S. 53 fand das Foto „Festtagsbraten" von Frank Schurig (ehemals Fotozirkel Burg) Verwendung, für das der ehemalige Leiter Leander Schurig die Freigabe erteilte.
Weitere Details stammen u.a. aus Privatarchiven der Familien M. Schichan, Fiedermann, Stissel und Nahke.
Die Collage als selbständige Darstellungsform mit neuer Bildaussage berechtigt im allgemeinen zur lizenzfreien Nutzung von Details. Sollten dennoch Urheberrechtsansprüche bestehen, bitte ich den Autor zu kontaktieren.

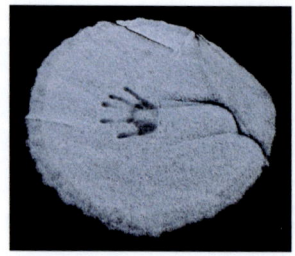